昆廷·布莱克经典故事集 ②

Quentin Blake's
永远讲不完的故事

[英]查尔斯·狄更斯　[英]约翰·尤曼 著　[英]昆廷·布莱克 绘　刘勇军 邱婷婷 译

中信出版集团|北京

图书在版编目（CIP）数据

永远讲不完的故事：昆廷·布莱克经典故事集.②/
（英）查尔斯·狄更斯，（英）约翰·尤曼著；（英）昆廷·
布莱克绘；刘勇军，邱婷婷译.--北京：中信出版社，
2023.1

ISBN 978-7-5217-4740-9

Ⅰ.①永… Ⅱ.①查… ②约… ③昆… ④刘… ⑤邱
… Ⅲ.①儿童故事－图画故事－英国－现代 Ⅳ.
①I561.85

中国版本图书馆CIP数据核字(2022)第167057号

Quentin Blake's A Christmas Carol By Charles Dickens, Illustrated by Quentin Blake
This edition first published in the United Kingdom in 2017 by Pavilion Children's Books
Now part of Farshore, an imprint of HarperCollinsPublishers Ltd, The News Building, 1 London Bridge St, London, SE1 9GF.
Pavilion Classics edition first published in the United Kingdom in 1997
Illustration Copyright © Quentin Blake, 1995, 1997, 2003, 2008, 2011, 2015, 2017

The Seven Voyages of Sinbad the Sailor By John Yeoman and Quentin Blake
First published in the United Kingdom in 1996 by
Pavilion Books Company Limited
Now part of Farshore, an imprint of HarperCollinsPublishers Ltd, The News Building, 1 London Bridge St, London, SE1 9GF.
This edition copyright © Pavilion Children's Books 2009
Text Copyright © John Yeoman 1996
Illustration Copyright © Quentin Blake 1996

Simplified Chinese translation copyright © 2023 by CITIC Press Corporation
ALL RIGHTS RESERVED

本书仅限中国大陆地区发行销售

永远讲不完的故事：昆廷·布莱克经典故事集②

著　　者：［英］查尔斯·狄更斯　［英］约翰·尤曼
绘　　者：［英］昆廷·布莱克
译　　者：刘勇军　邱婷婷
出版发行：中信出版集团股份有限公司
　　　　　（北京市朝阳区惠新东街甲4号富盛大厦2座　邮编 100029）
承 印 者：北京瑞禾彩色印刷有限公司

开　　本：889mm×1194mm　1/16　　印　张：17　　字　数：300千字
版　　次：2023年1月第1版　　印　次：2023年1月第1次印刷
京权图字：01-2022-3948
书　　号：ISBN 978-7-5217-4740-9
定　　价：78.00元

出　　品　中信儿童书店
图书策划　红披风
责任编辑　袁慧
营销编辑　易晓倩　李鑫橦
装帧设计　颂煜文化
封面设计　哈_哈

版权所有·侵权必究
如有印刷、装订问题，本公司负责调换。
服务热线：400-600-8099
投稿邮箱：author@citicpub.com

| 编者序 |

民间故事
全人类孩子最初的精神宝库

— 为什么要给孩子讲民间故事？ —

人类天生需要听故事。

"故事是我们的祷语，是寓意之言，是历史，是音乐，是我们的灵魂……是故事让我们成为人。"

那些口口相传的民间故事，为我们创造了一种生命的联结，借由它们，我们得以从过去进入未来，看到生生不息的人类的精神世界和人类文化的脉络，进而拓展对世界的认识。也是因为有了这样的联结，我们的生命才不会感到孤单。

童年听的故事，对人的影响可以是一生的。

当国王企图让王后屈服于自己的权威，最后一次问她："亲爱的，你不认为你可能搞错了吗？"

勇敢的王后不惜坐上圆木，沿着大河漂流，仍选择坚持自己的观点。

这是在告诉孩子们：不管面对什么样

的情况，我们都要勇敢坚持真理，不做有愧于自己良心的事情。

当年轻的农夫绝望地双手抱头、不知所措时，美丽的妻子告诉他："过去的已经过去了，明天才是未来。"

这是在教会孩子，心怀希望，相信未来！

民间故事就是这样润物细无声地触及孩子们的心灵，在不知不觉中帮他们做出正确的人生选择。

― 为什么要读昆廷画的民间故事？ ―

无论西东，民间故事都是一方水土的历史见证和活的样本。

故事里，飞鸟游鱼、花草树木无不渗透着一方人的精神和灵魂，生趣盎然地展现着他们的智慧和品德。

当我们读到水手辛巴达的故事时，能感受到阿拉伯世界的勇敢和神秘；当我们翻开精灵的故事，会意识到欧洲人对于精灵的特殊情感；而唱歌的乌龟、骄傲的河马、放肆的小鸟……也都彰显着世界各地的精神传统。

值得一提的是，这套民间故事由昆廷·布莱克担纲插图。昆廷·布莱克是当代著名的插画家、绘本作家，他的独创性、幽默感、轻松灵动的绘画风格和对图文的和谐处理，深受孩子们的喜爱。因对儿童文学的杰出贡献，他获得了无数荣誉：1980年，他凭借自写自画的《光脚丫先生》荣获"凯特·格林纳威奖"；1999年，他成为英国历史上第一位儿童文学"桂冠作家"；2002年，他获得"国际安徒生奖插画家奖"……他为这套经典故事所作的插图，为故事注入了幽默的活力，也让孩子在阅读中感受艺术之美，生活之趣。

— 怎么使用这套书呢？—

第一，由父母把故事"讲"给孩子听。不是"读"而是"讲"。当一家人围坐在一起，一边做点什么，一边听爸爸妈妈讲述故事时，亲子之间的情感流动也就开始了。而在这样甜蜜而温馨的亲子关系下成长起来的小孩，更能感受别人的情绪，会形成更健全美好的人格。

第二，父母在给孩子选择故事时，常常倾向于只选择那些甜美的故事，想要把孩子保护在"温室"里。其实，民间故事是现实世界的艺术呈现，我们给孩子的故事应该是有英雄也有坏蛋，有智慧也有愚蠢，让孩子们在听故事的过程中明辨是非，理解人生的复杂，最终做出他们自己的选择。

给孩子读民间故事，读这些永远讲不完的故事，这些人类天真的传统，会滋养孩子的精神，一代一代传下去。

| 推荐语 |

本书收到的赞誉

翻开这两本故事集，昆廷·布莱克的气息扑面而来，标志性的棱角十足的插画，写意中满是幽默和自由，与《一千零一夜》中的经典故事、狄更斯的《圣诞颂歌》，还有代代相传的西方民间故事，相映成辉！

——三川玲

国际安徒生奖插画家奖得主昆廷·布莱克绘制的插画无疑为这些古老的故事增添了孩子气般的无限活力和动态效果，让故事拥有了儿童的视角和风格，也让这些古老故事的智慧更加亲切地走进孩子的内心。

——杨涤

时间已帮我们做出最好的选择。你永远可以相信这些被代代相传的故事，它们富含情感，永不熄灭。记得打开床头灯，找一个舒服的姿势靠着，盖上被子，你会发现这些故事是如何披上想象的翅膀，从此在你的世界飞翔。

——图书馆媛

这套书终将滋养孩子们的童年，为他们的精神世界带来一道独特的光。

——壹蓓子

这套"永远讲不完的故事"中，那些略显陌生的久远故事，实际上是人类永不熄灭的精神余韵。在信息化的时代，给孩子们阅读这些古老的故事，其意义更为重大。因为这些故事就像是一粒粒种子，会在某个不起眼、不经意的时刻，悄悄种进孩子们的心里，成为影响他们一生的精神力量。

——白雁飞（钱儿妈）

昆廷·布莱克竟为查尔斯·狄更斯的《圣诞颂歌》绘制了一版全新插图，我觉得有这个消息就足够了！想象一下那些自由、大胆又十分锐利的昆廷式线条，会怎样刻画斯克鲁奇那样性格极端的吝啬鬼呢？这个100多年来最有名的圣诞故事，将以更加鲜活的面貌烙印在孩子们心上。

——胡杨（满满妈），儿童阅读公众号"满满的小书"创办人

我欣喜地发现,这些流传千年的"老掉牙的故事"不仅不老套,还吸引着我一直看下去。经典的故事经得住时间的考验,而昆廷·布莱克的插画如古老森林里的一股清泉,为这套书注入了新的活力。

——风中小鱼不小啦

Quentin Blake's

目 录

1
水手辛巴达 / 1

2
圣诞颂歌 / 113

1
水手辛巴达

出自阿拉伯民间故事集《一千零一夜》
作者：约翰·尤曼
译者：刘勇军

前　言 / 3

水手辛巴达的故事 / 5

水手辛巴达的第一次航行 / 9

水手辛巴达的第二次航行 / 21

水手辛巴达的第三次航行 / 33

水手辛巴达的第四次航行 / 49

水手辛巴达的第五次航行 / 71

水手辛巴达的第六次航行 / 87

水手辛巴达的第七次航行 / 99

前　言

辛巴达的故事出自阿拉伯民间故事集《一千零一夜》（又名《天方夜谭》）。该合集还收录了其他著名的故事，如《阿拉丁和神灯》《阿里巴巴和四十大盗》。这些故事流传至今，经久不衰。三百多年前，它们第一次被翻译成法语，不久后又被译为英语。但是，在那之前的几百年，它们就已经在人们之间口口相传了。

很久以来，辛巴达名声响亮，大多数人都听说过他。"水手辛巴达"读起来很顺口，听起来也不错，但读了故事，我们就会发现辛巴达其实并不是水手，他是一个商人，最重要的是，他是一个旅行者。人们也许会说，他之所以能如此不凡，都是因为他遭遇了海难。这也不新鲜，毕竟当时的旅行危险重重。与《一千零一夜》中的其他故事不一样，辛巴达的故事是基于当时真正的旅行者返回后所讲述的经历编写的。所以，有些内容在叙述时出现了混淆也就不足为奇了。当你读到犀牛的故事时，你会发现讲故事的人所描述的犀牛的外表准确无误，但它们的一些习性，比如能用角顶起大象，则不符合事实。没有照片，没有胶卷相机，也没有其他证人，返程归来的商人自然难免夸大其词，把他们的冒险说得更为惊险刺激。

这些故事充满了离奇的色彩，却依然不乏真实的成分，这不正是它们最吸引我们的地方吗？（在我画大鹏鸟的时候，有人告诉我，在马达加斯加，有比我们见过的任何鸟类都大得多的鸟类骨骼遗迹。）

一阵暖风吹过东方的大海。让我们和辛巴达一起，再次扬帆远航，好吗？

昆廷·布莱克

水手辛巴达的故事

在哈伦·拉希德哈里发统治期间，巴格达有一个名叫辛巴达的脚夫，他很穷，以运送货物为生。有一天，天气很热，他扛着很重的货物，累得满身大汗，从一栋商人的房子前走过时，他从门口看见院子里打扫得干干净净，洒了水，一阵阵香气扑鼻而来。他看到院门口有一条长凳，便放下货物，想休息一下，闻一闻香喷喷的气味。

他坐在长凳上，突然听到院内传来了各种动听的声音：歌声和朗诵声交织在一起；琵琶声和其他乐器的演奏声悠扬婉转；画眉鸟和夜莺叽叽喳喳，叫个不停。他被深深地吸引了，情不自禁地踮着脚走到门边，朝里面张望。在他面前是一个巨大的花园，里面站满了侍从和奴隶，只有最宏伟的宫殿里才会有这么多仆人。空气中芳香四溢，那是最丰盛、最精致的菜肴和上等的葡萄酒散发的香味。

他不禁在想，世上的事就是这么奇怪，有些人那么有钱，过着锦衣玉食的生活，有些人却要拼命劳作，才能糊口。他突然唱起了一首他自己编的小曲：

有人生来就把清福享，

纵情玩乐换着花样。

他们弹琴，跳舞，佳肴珍馐嘴里尝，

他们把歌儿唱，琼浆玉液润肚肠。

还有人日也辛劳，夜也不能入梦乡，

为奴为仆任人使唤不停忙，

就像我一样。

他唱完，便把货物扛了起来，正要出发时，一个穿着讲究的小侍从从大门走了出来。

"请跟我进来吧。"小侍从说，"我的主人想见见你。"

辛巴达受到邀请，感到很尴尬，他找了许多借口推辞，但小侍从不许他拒绝。辛巴达只好把货物放在门房，跟着小侍从走了进去。那栋宅邸很大，灯火通明。他被带进了一个富丽堂皇的大厅，很多贵族老爷坐在里面，一边听着美妙的音乐，一边享用着你能想象得到的最丰盛的食物和美酒。每个人都按社会地位落座，坐在桌首的那个人留着花白的胡子，神色威严，浑身散发出高贵的气质。

辛巴达看得眼花缭乱。"这里不是天堂就是王宫。"他自言自语道。

这时，他突然想起了自己的身份，便跪在房子的主人面前，把头低到地上。

"请站起来坐下。"主人拍了拍身边的垫子说，"和我们一起用餐吧。"他说完一拍手，仆人们就一路跑着，端来了许多辛巴达这辈子都

没见过的美味佳肴。辛巴达由衷地把屋主赞美了一番。

辛巴达吃饱了,在洗手盆里把手洗干净,恭敬地向在座众人点点头,再次感谢主人家。

"你太客气了。"主人微笑着说,"不过你还没有告诉我们你的名字。你是做什么营生的?"

"先生,我叫辛巴达,是一个脚夫,我为人们送货。"

"那可真是太巧了。"主人说,"我也叫辛巴达,我是水手辛巴达。请把你刚才在我家门前唱过的歌再唱一遍,可以吗?"

脚夫辛巴达尴尬极了,他结结巴巴地说主人家如此富有且身份尊贵,可能会觉得那些歌词非常无礼。

"不会的。"水手辛巴达说,"刚才听你唱,我就很喜欢,反正我们现在已经是兄弟了。"

就这样,脚夫辛巴达又把那首歌唱了一遍,主人听了,脸上流露出非常满意的神情。脚夫辛巴达唱完后,主人说:"我能想象到你的日子不好过,但你必须知道,我经历了许多磨炼,才成为这个地方的主人。我一生中曾七次出海,每一次都是奇妙的冒险。"主人扭头对客人们说:"诸位大人,现在我来给你们讲一讲水手辛巴达第一次航行的故事吧。"

水手辛巴达的第一次航行

我的父亲是一个非常富有的商人，他在我还是个孩子的时候就去世了，给我留下了很多很多钱，以及无数的房产和土地。后来我长大了，可以独立支配遗产，我就一掷千金，买昂贵的衣服，过奢华的生活，还请我的朋友们来享用锦衣玉食，好像我的钱怎么也花不完似的。但最后我终于幡然醒悟，我明白，若是继续这样下去，我迟早会变成一个穷光蛋。

　　所以我决定做点什么。我把剩下的家当卖了，换了三千迪拉姆，足够我去异域了。我还买了一些做生意的货物，又置办了长途航行所需的各种物品。然后，我加入一个商队，登上了一艘开往巴士拉的船，到那里去换另一艘船。一开始，我晕船晕得厉害，但很快就好了，从那以后，我再也没受过晕船的困扰。我们连续在海上航行了几个星期，穿过波斯湾，进入了阿拉伯海，我们从一个岛到另一个岛，每次停船，我们就做买卖和以货易货，最后，我们来到了一个看起来犹如天堂花园的岛屿。

　　我们下锚上岸，很快就忙活起来：在沙滩上支炉子，做饭，清洗衣物，去岛上探索，玩游戏自娱。突然，我感觉地面好像轻轻晃动了一下，但其他人似乎都没注意到，仍在各忙各的。我和几个人准备去岛上其他地方转转，不过我们还没走多远，就听到船长在船舷上高声招呼我们。

　　"快逃命呀！"他喊道，"把东西扔了，快回船上。这里压根儿不是什么海岛。我们登上的是一条巨鱼的身体，它睡得太久了，身上盖满了沙子，还长出了树。但你们点了火，它感觉到热，就醒了过来。它随时都会带着你们一起潜入海底。快回船上来，不然就要葬身大海啦！"

　　告诉你们吧，其实他根本不需要多说。我们扔下一捆捆货物、备用的衣服、锅子和其他所有东西，拼了命朝船上奔去。有些人上了船，而我和另一些人没能做到。

　　突然，"小岛"猛烈地颤动了一下，开始沉入深海。汹涌的浪头向我袭来，淹没了我的头顶，我心想自己的小命要断送在这里了。幸运

的是，我被海水冲着，撞上了一个大木槽，我连忙伸手抓住它，牢牢攀着，才保住了性命。最后，我横跨在木槽上，用双脚划水，海浪将我拍过来拍过去。

与此同时，船长一定以为我们淹死了，他扬起帆，把船开走了。我看着那艘船消失在地平线上，心想这下彻底没有生还的可能了。那天夜里和第二天白天的大部分时间，汹涌的波浪一直推着我向前，最后，我和木槽被冲到了一个小岛的海岸边。那座岛上长满了茂密的树木，我抓住一根悬垂在水上的树枝，向上一蹬，就这样到了干燥的陆地上。

在此之前，我整个人被恐惧和疲惫折磨着，但现在我的感觉恢复了，双腿抽筋，脚底被鱼咬过的地方传来一阵阵刺痛。

我倒在地上，与其说是睡着了，不如说是昏了过去，我就这么一直躺到次日的太阳把我唤醒。我的脚依然疼得厉害，但我发现我可以爬，

也可以仰面躺在地上，拖着身体去寻找水果和甘甜的泉水。

我的体力逐渐恢复，精神也好了起来。后来，当我可以挂着从树上折下的树枝走路了，就在岛上转了转。有一次在岛上探险的时候，我看见有只动物在远处的海边移动。起初，我以为是野兽，甚至还可能是海怪。我小心翼翼地往前走了几步，这才看清那是一匹马，而且是一匹漂亮的母马，被拴在海滩的一根木头上。

我决定到近处看看，可我刚一伸出手，母马就用后腿站立起来，大声地嘶叫着。我吓坏了，跌跌撞撞地后退两步，转身就跑。但我跑着跑着，有个人从地下冲出来，拦住了我，他问我是谁，还问我来这里做什么。

"啊，先生，"我说，"我不过是一个被命运抛到这片海岸上来的陌生人，我的旅伴们在海上遇难了。"听了这话，他拉住我的一只手，示意我跟他走。令我吃惊的是，他竟然把我带到一个有大礼堂那么大的地下空间。

他让我坐下，拿了一些吃的放在我面前。我一边吃，他一边温柔地问了一些我的事,我把起航以来发生的所有事都讲了一遍。他很惊讶,甚至不相信我说的是真的。

后来轮到我问他了。"先生,"我说,"请告诉我你是谁,为什么住在地下,为什么把这样一匹上等的母马拴在海边。"

"我是密尔詹国王的马夫。"他说,"全岛各处都有我这样的马夫,我们专门负责饲养国王的马匹。每个月,大约在新月出现的时候,我们

挑选出最好的小母马拴在海边，我们自己则躲在地下，等待海中的公马。海中的公马很快就会闻到母马的气味，它们看到没人，就从海里出来与母马交配。但它们会试图引诱母马和它们一起到大海里去，在这个时候，我们就要从藏身之处跳出来，大喊大叫，挥舞手臂，把公马吓跑，赶它们回海里。

"要是母马能产下小马驹，那可是价值连城的宝贝，是这世上一流的马。"他说，"现在我该去向我们伟大的国王密尔詹汇报了。你碰上我真是幸运，我不仅能救你的命，还能把你送回家乡。"

这之后，我们又聊了一会儿，后来别的马夫陆续来吃饭。他们都很好奇，想知道我是怎么到岛上来的，于是我在他们吃饭的时候又把我的故事讲了一遍。

到了该去王宫的时候了。他们骑着自己的骏马，我骑的是他们为我准备的一匹母马，我们一路上马不停蹄，抵达了密尔詹国王的王宫。我们在一个巨大的庭院里下了马，马夫让我等一会儿，他去把我的事禀告国王。

很快，我就被召到了御前。国王彬彬有礼地欢迎了我，祝我长命百岁，希望我能亲口把我的故事告诉他。就这样，我又一次把我的故事一五一十地讲了一遍。

国王深感震惊。"年轻人，命运显然非常眷顾你。"他说，"在这里你会受到很好的款待和丰厚的奖赏。"然后，令我吃惊的是，他任命我做他在港口的代理人。我的主要任务是为所有进港的船只登记。

我向他表达了深深的感激，千恩万谢地接受了这个职位。做这份工

作，我需要定期向国王汇报，随着时间的推移，他对我越发照顾。他赏赐给我各种贵重的礼物，很快我就成了一个值得信赖的中间人，联络国王和任何想向他请愿的臣民。

在很长一段时间里，我在新职位上干得很开心，但我一有机会，便向进港的商人、水手和旅行者打听他们沿途的见闻，盼着能听到巴格达的消息。然而，可悲的是，没人听说过我的家乡，也没人知道有谁打算驾船去那里。

我成了国王的代理人，新生活舒服自在，可我还是很想家。不过我依然在坚持，善用我所拥有的一切，我还常去密尔詹国王统治的众多岛屿，好让自己不那么思念家乡。我遇到了很多不可思议的事。在卡西尔

岛，整夜都能听到神秘的鼓声。有一种怪鱼长约二百腕尺，渔夫们都很害怕，就敲击木头把它们吓跑。我还看到过一种长着猫头鹰脑袋的鱼。稀奇古怪的事数不胜数，可惜我现在没时间给你们细细讲来。

后来有一天，一艘新船驶进了港口。水手们展开跳板，开始卸货。我像往常一样站在那里做记录。最后，我问船长船上还有没有别的货物需要我加在清单上。

"大人，只剩下几捆货物了，货主是个商人，在我们航行的途中淹死了。"船长回答说，"我打算把货卖掉，等我们回到巴格达，再把钱交给他的家里人。"

我的心跳停了一下。"那个商人叫什么名字？"我问。

当他说出"水手辛巴达"这几个字的时候，我立刻认出了他，不禁高声欢呼起来。"我就是水手辛巴达。"我说，"那条大鱼动了之后，我被海浪卷走了，要不是命运之神给我投来了一个木槽，我早就葬身大海了。"我把自己的经历给他讲了一遍，还说了我是怎么做上国王的港口监督员的。"你看，先生，"我说，"你说的货物都是我的。"

船长抬起头望着天空，惊叫道："在这个邪恶的世界上，难道已经没有诚信了吗？"

我简直不敢相信自己的耳朵。"你这是什么意思？"我问，"你不会不相信我吧？"

"我把这件不幸的事告诉了你，你却想方设法要把那些货物弄到手。"他说，"我当然不相信你，我亲眼看见那个可怜人淹死了。"

我只好详详细细地讲了我们离开巴格达后船上所发生的一切，又说了我们在"巨鱼岛"上都做过什么，这才使他相信我说的是实话。

"你真是幸运。"他说，还为他怀疑我道了歉。他吩咐人把我所有的货物都交还给我。

我立刻选出了一些最好、最昂贵的货物，雇了一些水手送到王宫里献给国王。国王收到礼物非常高兴，得知我运气这么好，他更高兴了。

我把剩下的货物卖了，赚了一大笔钱，还以非常合理的价格买了一些当地的货物。那艘船要起航的时候，我又去拜见国王，请求他允许我乘船回家。他祝我一切顺利，并慷慨地送给了我许多奢华的礼物。

我非常高兴地告诉各位，返航途中平安无事。一到巴格达，我就直接回了家。我的亲朋好友得知我回来的消息后，都立即来看我。很快我就雇了仆人，还比以前更慷慨地招待客人。我很快就忘记了旅途中的艰辛、危险和孤独，重新沉浸在安逸的生活中。

这就是我第一次航行的故事。明天，我给你们讲讲我第二次航行的经历。

＊＊＊

水手辛巴达送给脚夫辛巴达一百个第纳尔金币，并告诉他，他的到来让大家都非常开心。

脚夫辛巴达衷心地向主人道了谢，便离开了，他为刚刚听到的神奇经历感到惊讶不已。

第二天一早，他又来到水手辛巴达的家，再次受到了热情的欢迎，依然被安排坐在主人的身边。贵宾们欢聚一堂，享用了一顿丰盛的美餐，然后，他们有幸听到了水手辛巴达第二次航行的故事。

水手辛巴达的第二次航行

我一直过着非常愉快的生活，后来有一天，我突然又很想去环游世界，做点生意，再赚一笔钱。于是我拿出一大袋金子，买了大量货物和航行所需的一切东西，并把它们打成大捆。我去了港口，找到了一艘即将出发的新船。这艘船闪闪发光，十分惹眼，风帆选用上等布料制作而成，船员都是最棒的。我和其他一些商人同船长商定了航程，当天，我们的货物就被送上了船，我们扬帆远航了。

又一次踏上了出海做生意的旅程，我非常兴奋。一路上十分顺利，我们从一个城市航行到另一个城市，从一个岛屿航行到另一个岛屿。我们每次上岸，都会有尊贵的贵族老爷和商人成群结队涌来，迫不及待地想和我们做生意。

最后，命运带我们来到了一个岛上，遍布的果树上果实累累，植物散发出沁人心脾的香气，除了轻柔的啾啾鸟鸣声和潺潺的流水声，什么声音也听不见。岛上没有人类居住的迹象。

刚一抛锚，包括我在内的所有水手和商人就都上了岸，去欣赏这个满是绿色的美丽海岛。我在树林中发现了清凉的泉水，于是在水边坐下来吃我带来的食物。微风中夹杂着鲜花的芳香，我刚吃完，就感觉昏昏欲睡，渐渐进入了梦乡。

等我终于醒过来的时候，太阳已经开始落山了。我发现四周只剩下了我一个人，不禁大吃一惊。到处都看不到船员和同行的商人。船开走了，却没人想到我！

绝望之下，我走遍了小岛，可我很清楚，我再怎么搜索也实属白费功夫。这只是证明了我已经知道的事实：岛上只有我一个人。

我痛苦地捶胸顿足，大骂自己不该蔑视命运，冒险再次出海，毕竟在第一次航行中，我是侥幸才能活下来的。想想看，我本可以待在巴格达的家里，和朋友们一起享用美酒佳肴。而现在，由于我自己的愚蠢，我只能孤孤单单地等待死亡的降临。

我苦恼极了，像个疯子一样在岛上四处乱闯。我爬上一棵大树，盼着能看到人类存在的迹象，但触目所及皆是植被、沙子、大海和天空。

然而，就在我准备从树上下来的时候，我看到远处有个白色的东西闪闪发光。一从树上下来，我就收拾好剩下的食物，准备去看看是怎么回事。我走了很久，终于来到附近，我看清了那是一个巨大的白色球体。它的表面上没有任何开口，而且十分光滑，我无法爬上去查看顶部。我绕着它走了一圈，发现它的周长有五十步。

正当我苦苦思索着这是什么东西、怎么会在这里的时候，夕阳下的天空突然变黑了。一开始我以为是飘来了一片很厚的云，但随即我意识到，那是一只巨鸟正朝我飞来，它飞近了，身体遮住了太阳。

我立刻想起了旅行者讲的大鹏鸟的故事，那种鸟用大象喂食幼鸟，我知道我遇到的一定就是大鹏鸟，而那个白色的球体一定是大鹏鸟的蛋。

我躲在树丛中，看见那只大鹏鸟落在蛋边上，用翅膀护着蛋。我悄悄地从藏身之处爬出来，哆哆嗦嗦地解开我的头巾。我像拧绳子一样把头巾拧成一股绳，紧紧地系在我的腰上，然后把两头绑在大鹏鸟的一条腿上。巨鸟没有动。

我的想法是，第二天早上，大鹏鸟去找食物，就会带着我一起飞，把我带到我的同伴附近。

告诉你们吧，那天晚上我一夜没合眼，担心大鹏鸟会突然起飞，让我措手不及。

天色一点点亮了起来，大鹏鸟动了，开始用喙梳理羽毛，然后，一声尖叫响彻云霄，它带着我飞到了空中，我紧闭双眼，死死地抓住我用头巾做成的绳子。

大鹏鸟时而俯冲，时而翱翔，我差点儿昏了过去，但最后，我感觉到它在缓慢地下降和着陆。

我的脚一接触到坚实的地面，我就立即解开绑在它腿上的绳子，躲到了一块巨石后面。那只大鹏鸟似乎并没有发现我，对它来说，我肯定比羽毛还轻。

尽管如此，我唯一能做的就是让自己不再发抖。过了一会儿，我看到它向前一跳，用爪子抓住了什么东西便飞走了，我长长地松了一口气。等我意识到它抓着的是一条巨蛇，不由得惊诧不已。

那条巨蛇又大又重，被大鹏鸟叼在如钢铁一般坚硬的喙里，只能无助地扭动着，就这么离开了我的视线。

我突然发现大鹏鸟把我留在了一个悬崖上，从这里可以俯瞰一道很深的山谷，四周都是高耸的山，山势陡峭，人根本爬不上去。

我再次大骂自己愚蠢至极。岛上至少有营养丰富的果子可以吃，有淡水喝，而这里一片荒芜，我一定会饿死。

我爬到谷底，希望至少能找到一些可以吃的植物，但我惊奇地发现，散落在周围的石头其实是钻石，有些甚至大得惊人。这一发现让我暂时忘记了自己的困境，可后来又出现了一件麻烦事。就在我的正前方，我看到山谷的洞穴里爬满了巨蛇，估计体形最小的也能轻而易举地吞下一头大象。后来事实证明的确如此。白天巨蛇会躲起来，不让大鹏鸟和在头顶上方盘旋的大鹰看见，但我知道，到了晚上，这个山谷对我

来说绝对是个凶险的地方。

于是,当太阳开始落山时,我在岩壁上找到了一道狭窄的缝隙,挤了进去,用一块稍大的石头堵住了缝隙,石块大小刚好,不仅可以封住缝隙,还能让一点儿阳光进来。当我的眼睛渐渐适应了昏暗的光线,我的心几乎停止了跳动。在这个狭窄缝隙的另一端,有条蛇正盘绕在蛇卵上。

我别无选择,只能整夜待在这里,群蛇在外面寻找食物,咝咝声从无间断,我吓得连眼睛都不敢闭。光线刚一透过入口的缝隙照射进来,我就把石头弄开,摇摇晃晃地走到山谷里,又害怕,又累,又饿。

我整个人有些恍惚,跌跌撞撞地走着,这时候,一只被屠宰而死的羊嗖的一声,从空中落在了我面前。起初,我太惊讶了,搞不懂发生了什么事,随后才想起我听说过钻石商人如何在人迹罕至的地方找钻石。他们割断羊的喉咙,剥下皮后,将羊的尸体扔进山谷。羊的尸体重重地落在地上,钻石就会附着在上面。饥饿的老鹰和秃鹫很快就能发现血淋淋的羊肉，俯冲下去，把附着着钻石的肉带到山峰上。

然后，商人们就从藏身的巨石后面出来，敲打树枝，大喊大叫，吓得鸟儿们连猎物也顾不上就飞走了。商人们只需要把钻石从肉上取下来即可。

我身体虚弱，头晕眼花，但我还是很快意识到这是我获救的唯一希望。我赶紧在我的口袋、食物袋里装满散落在四周的最大颗的钻石，装好后，我仰面躺下，把羊的尸体拖到我身上，用解开的头巾把自己和羊的尸体绑在一起。不一会儿，一只鹰向羊的尸体猛扑下来，用爪子抓住了它。我发现自己被带到了空中，我始终紧紧地抓着羊的尸体，不敢往下看。

鹰飞到山顶，把羊的尸体扔到地上，准备把它撕成碎片，我被摔得几乎喘不过气来。幸好我之前听到的旅行者讲的故事是真的。噼噼啪啪的树枝敲击声响彻四周，接着一阵狂乱的叫喊声传来，那只鹰放弃了美餐，扑棱着翅膀飞走了，我也从死羊下面逃了出来。

一个商人跑过来，一看到我，顿时吓得脸色苍白，因为我在羊下面，衣服上沾满了血。但是，当他鼓足勇气把死羊翻过来，发现上面什么也没有，他的恐惧被沮丧取代了。

我急忙安慰他。"相信我，"我说，"我也是商人，还是个诚实的人。我身上有很多钻石，价值远远超过你以前见过的所有钻石。你一定会得到很多钻石，就要发大财了。"

听了这话，他谢了我，连连祝福我，还把所有藏在岩石之间、等着捡回羊的尸体的商人都叫了出来。

那天晚上，我们一起在他们找到的一个安全的地方过夜，我讲了我是如何被遗弃在岛上，又是如何到达山谷的，他们听了，都觉得很不可思议。

我遇到的第一个商人说我很幸运，他说："从没有人从蛇谷活着出来过。"他们都祝贺我安全脱险。

第二天早晨，他们护送我穿过一个山口，从那里我不时能看到下面山谷里的巨蛇，不禁为自己的逃脱大呼庆幸。最后我们来到一个港口，穿过海峡来到了罗哈岛。

我被带到了一片樟树种植园，这儿的每棵树都枝繁叶茂，可以供一百个人乘凉。当地人收集樟脑的方法是，用一根长铁棒在树干的上部凿孔，这样一来，樟脑液就会顺着树流到容器里，像树胶一样凝固。之后，树就死了，只能当柴火烧了。

犀牛是这个岛上的另一大特色。犀牛体形巨大，头上长着一个长长的角，把角切成两半，就会呈现出人形。旅行者们说，这种被当地人称为"卡卡丹"的野兽非常强壮，它们能用角挑起大象，一边顶着，一边安静地在海岸边找树叶和树枝吃。然而，大象最后还是死了，象身上的脂肪被太阳烤化后流进了犀牛的眼睛，犀牛瞎了，只能躺在岸边。如此一来，它们就变成了巨大的大鹏鸟的猎物，大鹏鸟俯冲下来叼走犀牛和大象，去喂幼鸟。

我的同伴把我介绍给了当地的商人，我用一些钻石换了金银。我们去了一个又一个国家，一个又一个城市，一路上一直在做买卖，最后，我带着很多钻石、金钱和珍贵的物品，终于回到了家乡巴格达。

我给我所有的朋友都送了礼物，又过起了以前的生活，招待宾朋享用山珍海味。虽然时常都有人要我详细讲一讲我那不可思议的冒险经历，但舒适的新生活使我很快就忘记了在旅途中吃的苦。

这就是我第二次航行的故事。明天我再给你们讲我第三次航行的经过。

* * *

酒足饭饱之后，水手辛巴达送给脚夫辛巴达一百个第纳尔金币，脚夫辛巴达连声道谢，那天晚上他回到家，心里依然对水手辛巴达充满感激。

第二天，脚夫辛巴达按吩咐再次来到商人的家里，齐聚一堂的客人又沉浸在欢乐的气氛中，还听到了水手辛巴达第三次航行的故事。

水手辛巴达的第三次航行

有一段时间，我尽情享受着更富足的生活，日子过得安逸极了。可是，久而久之，我再次渴望出海探险，去赚大钱，于是我在家里坐不住了。

我立刻下了决心，买了大量货物，准备好远航需要的物资，便动身去了巴士拉港。我又找了一艘即将起航的大船。这艘船的船员齐全，吸引了一大群富有、声名显赫的商人，他们欢迎我加入他们的行列。

一开始我们的航行很顺利。我们去了一些很神奇的地方，无论我们在哪里靠岸，我都能赚到很多钱。但有一天不幸降临了，一场猛烈的暴风雨突然来袭，我们坚固的船在汹涌的海浪中起起伏伏，左摇右晃。在大海的咆哮声中，船长的声音突然传来。他在船舷上，睁大眼睛注视着前方的陆地。

"哎呀，"他叫道，"风太大了，我们偏离了航向，到了海洋的中央。命运，或者说是厄运，正把我们抛向祖格部族山下的海岸。祖格部族的人毛发浓密，像猿猴一样，没有人能活着从他们那里逃出来。朋友们，祈祷吧，不久后我们就要死了！"

最终，我们进入一片稍微平静的水域。但我们才放宽心没多久，就看到了一群猿猴一样的生物向我们冲了过来。他们的模样真叫人恶心，黑黑的脸上长着一对小眼睛，身上长满了姜黄色的毛发，看起来跟毛毡一样。他们身材瘦小，只有一米来高，但我们不敢攻击他们，也不敢把他们赶走。他们的数量太多了，蜂拥着跑过海岸，蹚着水向我们跑过来。我们担心伤了其中一个，就会惹恼剩下的攻击我们。于是我们只好待在原地不动，看着他们爬上船，在缆绳之间跳来跳去，把它们咬断，

船只立即在风雨中猛烈地摇晃起来。

更可怕的是,他们抓住我们所有人,粗暴地把我们推搡到了岸上。不过谢天谢地,他们全都一股脑儿回到了船上,驾着摇摇晃晃的船,载着我们所有的货物离开了。

至少我们还活着,这个地方又四处都是水果、野菜和饮用水。到处都不见那些类猿生物的影子,我们每天都在岛上探险。

有一天,我们从一座山的山顶上看见岛中央有一栋很大的建筑物。

我们立即走了过去，希望能在那里得到帮助和保护。

我们走近，惊奇地发现那是一幢破烂的巨大城堡，周围有一圈巨大的栅栏，高大的乌木大门敞开着。我们小心翼翼地走进去，来到一个空院子。院子的一头有一条长长的石凳，有几个火盆，旁边放着烹饪用具，周围是一堆骨头。

四下连个人影都没有，再加上烈日当空，我们一路上穿过灌木丛走过来都累坏了，于是我们都躺在一堵墙的阴影里，很快就睡着了。

太阳下山时，我们惊醒过来，感觉到身下的土地在颤动。你们可以想象一下，当我们看到一个巨人从城堡里走出来时，我们有多害怕。那个巨人肤色较深，长着巨大的肩膀，一只独眼像燃烧的红煤一样，牙齿犹如野猪的獠牙，嘴巴像个黑洞。更重要的是，他的下唇像骆驼嘴唇一样耷拉在胸前，耳朵像大象耳朵一样耷拉在肩膀上，手指像狮子的爪子。我一看到他，差点儿吓晕过去。

起初，他没有发出半点声响，只是无精打采地走到石凳跟前坐下，聚精会神地望着我们。在打量了我们一会儿之后，他站起来，向我们走过来，还把我举起来仔细瞧了瞧。他把我拿在手里翻过来调过去地捏捏，就像厨师在挑选入菜的鸡肉一样。命运又一次眷顾了我。他显然认为我太瘦不好嚼，并且知道他还有更好的选择。他依次抓起我的伙伴，直到发现了身体壮实的船长。

巨人露出了一个丑陋的微笑，可知他对自己的选择很满意。他吃完饭后，就躺在石凳上睡着了。

他的鼾声像野兽一样，令人厌恶，我们在恐惧中过了一夜，谁都没

合眼。第二天早上,他没精打采地走了,我们才敢说话。我们一致同意:就算在暴风雨中丧生,或是死在那些"猿人"手里,也胜过成为巨人的食物,而我们所有人肯定迟早都会迎来这样的结局。

尽管很害怕,我们还是壮着胆子走进周围的灌木丛,盼着能找到一个地方藏起来。但我们没有找到隐蔽的地方,于是当太阳开始落山,我们都觉得还是返回栅栏里比较明智。

不久,地面又开始颤动,我们知道巨人回来了。这次跟上次一样,他先打量了我们一番,然后挑出了最胖的那个。他的鼾声再度响起,我们知道他睡得有多沉,便壮起胆子小声说起话来。

有些商人哭哭啼啼,哀叹自己命运不济,但我不想坐着等死,就提出了一个计划。

"朋友们，"我说，"我们要设法自救。只有杀死巨人，我们才能躲过这一劫。这个院子里有许多木板和绳子。明天我们把这些东西运到岸边，做几个木筏。要是能成功地杀死巨人，我们还是得出海，要么由着命运把我们带到另一片海岸，要么遇到路过的船只获救。如果没能杀死巨人，至少我们还可以跑到木筏那儿，躲到巨人够不着的地方去。"

大家一致认为，任何结局都比像羔羊一样被宰杀要好。第二天晚上巨人回来的时候，我们已经在水边造好了木筏，回到了栅栏里。我们把铁叉插进火盆，把铁叉烧得滚烫。

巨人又从我们这群可怜人中选出一个当晚餐，然后躺在长凳上睡着了。等到他那如雷的鼾声响起来的时候，我们知道他已经睡熟，便蹑手蹑脚地爬到火盆边，小心翼翼地拔出了已经烧得通红的铁叉。我们瞄准目标，终于将叉子刺进了巨人的眼睛里，他当时就瞎了。

他疼痛难忍，一下子就慌了神，大吼一声站了起来。一时间，我的心仿佛都停止了跳动。他摸索着穿过院子，我们连忙向四面八方逃去。他摸到大门，弄断门闩，把门推开。他跌跌撞撞地走到灌木丛中，一路上不停地哀嚎。

我们立即跑到岸边，抱着一线希望，盼着能安安全全地熬到第二天早晨。然而，没过多久，我们脚下的大地就开始震动，我们知道自己的处境依然很危险。我们的一个同伴在一块高大的岩石上大声说，又有两个更吓人的独眼巨人带着瞎眼巨人，朝我们这边过来了。我们听了，赶紧坐上木筏，尽可能快地划了起来。

但新来的两个巨人看见了我们,就捡起巨大的石头丢我们。有的石块落到了一边,没有造成伤害;有的石块掀起了波浪,让我们本就不结实的木筏摇晃得很厉害;还有的石块把速度较慢的木筏弄沉了,上面的人都淹死了。

我们划出很远,离开了石块的射程。我环顾四周,意识到只有我们筏子上的这几个人逃了出来。我们的麻烦还没有结束,那天晚上和接下来的几天里,海水无情地冲击着我们,几个同伴死了,我们不得不把他们扔进海里。

当海浪把木筏冲到另一片海岸时,我们只剩下了三个人。

疲惫、恐惧和饥饿折磨着我们,我们的身体都虚弱极了。我们费力地穿过浅滩,来到一条小溪边,在那里我们洗了个脸,喝水解了口渴。到处都是新鲜的果子,我们摘了几个吃,但我们已经筋疲力尽,眼皮直打架,身体异常沉重,我们很快就沉沉地睡了过去。

不久,一阵可怕的咝咝声响起,把我从不安的睡眠中惊醒了。我吃惊地睁开眼睛,惊恐地看到一条龙一样的巨蛇围住了我们。它那隆起的肚子起起伏伏,鼻孔抽动着,它依次看着我们每一个人。最后,它抬起头来,向我的一个同伴猛扑过去。

我紧紧地闭上眼睛，心想我实在是太可怜了，从巨人的魔掌逃脱出来后差点儿淹死，现在则要葬身蛇腹了。

但是，那条蛇似乎吃饱了，它发出一声咝咝声，然后便低下巨大的头，钻进灌木丛消化食物去了。我和仅存的一个同伴为我们的朋友感到悲痛，也为我们自己感到恐惧，我们的四肢哆嗦个不停，可我们还是尽可能快地跑开了，躲到了一棵大树最高的树枝上。

然而，我们一点儿也不安全。没过多久，树枝乱颤，我惊醒过来，只见我的同伴正慌忙地试图逃脱饥饿的巨蛇的大口。但那怪物已经牢牢地咬住了他，把他囫囵吞了下去，然后，巨蛇滑下大树，消失在了黑暗中。

我哆哆嗦嗦，在恐惧中度过了那一夜。黎明时分，到处都不见蛇的踪影。我从树上下来，爬上一块高大的岩石俯瞰着大海，挣扎着要不要跳下去结束这一切。但是我不能让自己这样做。

如果我不能结束自己的生命，那么我就有责任让自己活下去。我注意到岸边散落着几块大木头，我捡起木头，又捡了一些坚韧的攀缘植物。我躺下，费了好大劲才在脚底、身体两侧和头顶各绑了一块木头，最后像盖子一样，在我的身体上面也绑了一块木头。这就像我做了一个盒子把自己包起来，就跟结实的橡木箱一样坚不可摧。

那天晚上，果然不出我所料，蛇又来了，我惊恐地透过"木堡垒"的缝隙，看着它绕来绕去，试图张开大嘴吞下我，但没有成功。它在我周围盘绕了一整夜，发出咝咝的响声，吐着口水，越来越失望和愤怒。我的心一直怦怦狂跳，天亮了，它才溜回了自己的巢穴。

我费了半天的劲，终于解开了最后一个结，将木板拆开，把自己解放出来。我再次冲向那块高大的岩石，伸展四肢，让麻木的身体恢复知觉。我正想着自己今后的命运有多悲惨，就看见海上出现了一艘船。我用一股连我自己都不知道从哪儿来的力气，从一棵树上扯下一根长树枝，一边在头顶上方疯狂地挥舞着，一边大声呼喊。

甲板上有人看到了我，就派了一只小船来接我，此时的我只剩下半口气了。他们给了我一点儿水喝，又给了一点儿吃的，让我恢复精神，还把我身上沾满盐渍、又脏又破的衣衫换了，给我穿上了像样的衣服。他们求我讲讲我是怎么独自一人流落到岛上的。

我从头到尾讲述了我所有的冒险经历，果不其然，他们听了觉得万分惊讶。

船顺风而行，来到了一个叫萨拉希达的小岛，那里盛产檀香。船长

下了锚,商人们带着货物上岸出售和易货。

"你是陌生人,是客人,经历过那么多不幸。"船长说,"我想为你做件事,帮助你回到家乡,我希望在那里得到你的祝福。"

"如果你能帮我回到故乡,我一定会永远祝福你。"我说,"回家是我最大的心愿。"

"我必须解释一下。"船长说,"有一个富商曾跟我们一起起航,后来他失踪了。我不确定他是死是活,一直没有他的消息。我建议将他所有的货物委托给你,你按照你认为合适的方式进行交易。一部分收益将作为你的回报,我们留下其余的,带回巴格达交给他的家人。"

"你的提议非常公平,也很慷慨。"我说,"我将非常高兴地尽我所能来做这件事。"

就这样,船长吩咐人把货物搬到岸上,还陪我到码头去查验货物。"请问,船长,"船上的记事员说,"这些货物要登记在谁的名下?"

"这本是水手辛巴达的货物,我们把他丢在鹏鸟岛上了,现在委托这个陌生人替辛巴达的家人把货物卖了。"

我简直不敢相信自己的耳朵。我细细端详船长,认出他确实就是把我留在鹏鸟岛的船长,尽管他变了很多。我意识到我的样子肯定也不一样了。

"船长,你要知道,"我说,"我就是水手辛巴达,你的船抛下了我,离开了鹏鸟岛,我经历了千难万险,现在还好好地活着。这些货物是我的,这一捆捆货物都属于我。所有从蛇谷拿到钻石的商人都可以证明我的身份,我告诉过他们我是如何被抛下的,以及从那以后我所经历的一切。"

一开始我心里很着急,有几个乘客和船员不愿相信我,怀疑我想谋夺水手辛巴达的遗物。然而幸运之神又一次站在了我这边,码头上的人群中有一个商人听到我讲起蛇谷的事,就走过来听我把事情的来龙去脉讲完。

"朋友们，我认识这个人。"商人说，"告诉你们吧，我在蛇谷里遇到了一件最不可思议的事情。当时，我拖出一具羊的尸体，发现上面没有钻石，却有一个人。那个人就是眼前这个人。他给了我很多钻石，我从没想过能得到这么多钻石。后来，我还陪他到了巴士拉，在那里他和我们分手，还告诉我们他是巴格达的水手辛巴达。我认识他。我知道他是个信守诺言的人。"

船长听了这些话后已有几分相信我了，但还是问道："货物上有什么特殊的标记？"于是我拿起一根树枝，在尘土上画出了一个记号，这样一来，他确信无疑了。他伸出双臂搂住我，很为我高兴。

这之后，我处理了我那些丢失已久的货物，赚了一大笔钱。我有充分的理由恭喜自己，这次航行虽然遇到了很多危险，但都一一化险为夷，我还变得更加富有了。

剩下的旅程给了我很多机会，我又做了很多笔买卖。在欣德和信德，我买了丁香、姜和各种异国香料。在印度海域我见到很多奇观。我看到一条像牛一样的鱼给幼鱼喂奶，这种鱼的皮非常坚硬，可以拿来做盾牌。还有长得像驴和骆驼的鱼。那里的海龟龟壳有二十腕尺宽。我还看到一只鸟住在贝壳里，它会到贝壳上产卵，孵出幼鸟。

当我最终到达巴士拉时，我向同伴们告别，在那里休息了几天，便回到巴格达的家人和朋友身边了。这次航行之后，我赚到了大笔的财富，于是我慷慨解囊，救济城里的孤儿寡妇，设宴款待我的老相识。

这就是我第三次航行的故事。明天我会给你们讲讲我的第四次航行。

***

水手辛巴达给了脚夫辛巴达一个钱袋,里面装着一百个第纳尔金币,他还命人备了些食物和美酒。那天晚上,脚夫辛巴达躺在自己家里,为他听到的故事感到惊奇不已。

天刚亮,脚夫辛巴达就迫不及待地去了水手辛巴达家,和齐聚一堂的客人一起,听水手辛巴达讲他第四次航行的故事。

水手辛巴达的第四次航行

回家后，我过着舒适安逸的生活，许多好朋友围绕在我的身边，我完全忘了为积累财富吃过多少苦。可是，有一天，有一群商人来拜访我，我请他们坐下来吃饭。他们讲起了去异域游历和做生意的事，我又开始蠢蠢欲动，盼望着再去历险。我再次渴望前往异国的海岸，把我的货物卖给陌生人。

于是，我决定在他们下次远航时和他们一起去，并购进了一批比上次更昂贵的货物。我们去了巴士拉，从那里出发了。一路上顺风顺水，我们都充满了希望。

我们从一个岛航行到另一个岛，从一片海域航行到另一片海域。后来有一天，风向突然变了，船逆风而行，船长只能抛锚，让船停下来。

正当我们开始祷告的时候，突然刮起了一阵狂风，把船帆撕得粉

碎，锚索也被刮断了，所有人和货物全都被吹到了海里。我在海里游了整整半天，到最后，我连一点儿力气都没有了。谢天谢地，从那艘破船上掉下来的一块长木板漂了过来。我和其他几个在我身边游着的商人一起，像跨上马一样跨在木板上，奋力地用脚划水。

第二天早晨，波涛汹涌的大海把我们抛到了海滩上，我们精疲力竭，又没有食物，只剩下半口气了。幸运的是，我们找到一些植物吃了，以维持我们逐渐衰弱的体力，接着我们全都沉沉地睡着了。

次日早晨，我们出发去岛上探索，希望能找到一些有人居住的痕迹。我们看到远处好像有一处住宅，都不由得为之一振。我们拖着沉重的脚步朝那里走过去。突然，一群赤身裸体的男人从门里冲了出来。他们没有向我们行礼，也没有打招呼，而是抓住我们，把我们推进了屋里。

我们在里面见到了他们的国王,他示意我们坐下。

一盘又一盘的食物摆在我们面前,我这辈子都没见过那些吃的。我早就饿得前胸贴后背了。但我迟疑了,没有动手,而我的同伴们开始狼吞虎咽。

他们吃得越多,似乎就越饿,而抓我们来的那些男人则非常满意地看着他们。我的同伴们慢慢地失去了理智,他们不再像人,开始表现得如同野兽一般。

那些男人给他们喝椰子油,还把椰子油涂抹在他们的皮肤上,这样一来,他们看起来更像动物了。我为我那些可怜的朋友们担心,也为自己担心,不过那些野蛮人并不怎么注意我。

这时,我想起了很久以前听过的一个旅行者讲的故事,意识到他们

一定是食人族。所有来到他们海岸的陌生人都会被抓住,并被带到国王面前。在那里,陌生人会得到特殊的食物,还会被涂上特殊的油,这种油可以刺激他们的食欲,让他们变得异常肥胖。同时,他们也完全失去了理智。要是食人族觉得哪个陌生人符合要求了,就挑选出来献给国王。想到这里,我不由得心惊胆战,但是,我帮不了同伴,也帮不了我自己。

我们被带出房间,转交给一个牧人,他把我们像牛一样赶着。

几天来,我只吃我的味蕾能接受的叶子、浆果和树根,而且吃得很少,而我的同伴们则兴高采烈地一连吃几个小时的植物,随着时间的逝去,他们的身体变得越来越丰满。

我瘦得皮包骨头,那些人显然对我没什么兴趣,我发现我可以自由

地走到很远的地方，也不会引起他们的注意。一天，我担心我们很快就会被杀死，于是我决定想办法逃命。

我穿过灌木丛，很快就看到了另一片草地，那儿还有一个牧人在看守着一群同样可怜的人。他远远地看见了我，意识到我依然保有理智，便伸出一只胳膊向我示意，仿佛在说："向后转，走右边那条小路！"

我很感激他，按照他说的做了。我有力气的时候就跑，累了或身体虚弱了，就停下来休息。

我沿路走了整整七天七夜，只吃草药和野草充饥。

直到第八天早晨，我才看见了其他人。那群人在采胡椒浆果，我在远处盯着他们看了很久，才鼓起勇气靠近。

当我跌跌撞撞地向前走时，他们跑过来迎接我，询问我为什么如此虚弱。我尽我所能讲了我的经历，说我被食人族抓住了，我的同伴们

现在很危险,他们对我表示了同情,还把他们的肉和水分给我,请求我吃。

他们让我坐在树荫下,其中一个人告诉我,能从食人族的魔爪下逃出来,我实在是太幸运了,一般人只要被抓住,就没有逃脱的可能。他们去把收尾的工作做完,我趁机休息了一会儿,然后他们轻轻地把我叫醒,领我去了他们停船的地方。我们起航前往他们住的海岛。

我被带到了他们的国王面前,他极为有礼地欢迎了我,还请我坐在他身边,我把我所有的冒险经历都讲给他听了。他听得津津有味,还吩咐把最好的菜端到我面前。

最后,他恳求我把这座城市当故乡,把王宫当家,我向他表示了深深的感谢。在他的邀请下,我去这座富裕而又人口众多的城市里逛了逛,我注意到商人们忙忙碌碌,十分富有。

我立即就有了在家的感觉,从那以后,我每天都要花很多时间四处

溜达,和城里所有的人交朋友。渐渐地,我发现自己成了城中最受尊敬的人之一。

我注意到一件奇怪的事,就是所有的市民,不论身份尊卑,都骑着上好的纯种马,但我并没有看到过马鞍或其他马具。

我对此感到非常困惑,有一天我问国王:"陛下,你们骑马为什么不用马鞍呢?"

"马鞍?"他重复道,"什么是马鞍?我从没见过这种东西。"

"如果你允许的话,"我说,"我会给你做一个马鞍,这样你就可以清楚地看到它的好处了。"

"去做吧，我支持你。"国王说，"我忠实的工匠都会听凭你的差遣，为你提供任何你需要的材料。"

于是我找了一个技艺娴熟的木匠，他给了我一块上等的木头，并按照我给他画的图，用这块木头做了一个鞍架。我找了一些羊毛，做成毛毡，又将皮革覆盖在鞍架上，把毛毡填充进去，然后小心地抛光，连接好肚带和马镫皮带。之后，我找了一个铁匠，让他按照我的指示做了马镫和马嚼子。我把丝带系在马镫上，还在马嚼子上加了缰绳。

我做完马鞍觉得很满意，便命人牵来一匹上好的皇家骏马，给它装上鞍子等，然后我牵着马来到国王面前。

看到骏马如此气派不凡，他喜出望外，高兴地上了马，绕着庭院慢跑起来，贵族们都羡慕不已。

　　国王手下的一个大官看到了，请求我帮忙，给他做一个类似的马鞍，我照做了。不出几天，所有的达官显贵都来找我做马鞍，很快我就训练出了一批技艺熟练的工匠，他们在我的指导下，为整个朝廷制作品质精良的马鞍。顾客们感激我，给我送来了很多金子，就这样，我不仅积累了财富，还在国王和王室眼里变得越来越重要。

　　有一天，我们刚刚享用完一顿美味的宴会佳肴，正斜靠着休息，国王突然让我向他郑重起誓。我吃了一惊，恭恭敬敬地询问他要我承诺什么。

"我有一个愿望。"他说,"我希望为你找一位美丽、聪明、和善的妻子,这样你就会真正把这里当成家,永远和我们在一起。我向你保证,我为你找的妻子出身名门望族,她既富有,又漂亮。在这件事上,你一定不忍心拒绝我吧?"

老实说,我当时不知所措,一句话也说不出来。"你怎么不说话?"国王说,"你没有什么要说的吗?"

"陛下,"我回答说,"一切都由您做主吧。"

于是,他召见了法官和证人,安排我和一位贵族出身的高贵女士立即成婚。此外,他还说要赏赐我一栋大宅,以及许多仆人,费用全由他负担。

我和妻子深深地相爱了,我过上了一种从未有过的生活。我对自己发誓:"有朝一日我回故乡,一定要带着我的妻子。"

我们并不知道,厄运即将降临。我们两个一起生活了很久,日子过得和和美美。后来有一天,我听说一个朝臣的妻子不幸去世了。

这个朝臣是我的好朋友,我立即赶到他家,向他表示慰问,安慰他。

他难过极了,我试着安慰他说:"不要为了那个可怜的女人如此伤心,她再也不必在人间受苦了。时间是最好的良药,你很快就会找到生活的新目标,重新快乐起来。"

他奇怪地看着我,说道:"我只有一天可活了,怎么快乐得起来呢,兄弟?"

"不要有这种绝望的想法。"我恳求他,"你还很健康,还有很多年的好日子在等着你呢。"

"看来我必须解释一下我们这里的习俗了。"他平静地说,"在这里,妻子先去世了,丈夫就得和她一起被埋葬。"

我简直不敢相信,就开始表示抗议,我说这是我所听说过的最野蛮、最不开化的习俗了。这时,一大群人前来吊唁,为我的朋友失去了妻子表示哀悼。

然后他们把那个死去的女人抬出来,放在棺材里,抬着她穿过城市,还要带上她那个可怜的丈夫。

他们把她抬到海边一个遍布岩石的地方,在那里他们把一块大石头挪到一边,露出下面的一个竖井,把尸体放下去后,又在丈夫的腋下绑上一根绳子,也把他放下了竖井,还给他带了一大瓶水和七个小面包。

到了井底,他解开绳子,人们把绳子拉上来,用那块大石头堵住了井口。送葬人慢慢地返回了城市,把我那可怜的朋友和他死去的妻子留在了井里。

一有机会,我就问国王,为什么非要让这个可怜的丈夫惨死不可。

"这是我们国家的风俗。"国王说,"自古以来就是这样的。丈夫若先死,妻子就与他同葬。妻子先死,丈夫就要陪葬。无论是生是死,夫妻永远都不会被拆散。"

我想了一会儿,清了清嗓子,若无其事地问道:"如果一个外国人的妻子先死,那会怎么样?"

"应该像对待我们已故的朋友一样对待他。"国王一边说,一边心平气和地吃了一大块蜜饯。

听了这话,我的心跳加速,耳边不停地嗡嗡响。我的视线变得模糊

起来,好像我已经被囚禁在一个黑咕隆咚的地牢里,四周密不透风。

一连几个星期,这件事一直在我的脑海里挥之不去,我开始害怕和憎恨我所处的这个社会。我老是想象妻子死在我面前,我不断地自我安慰,说自己更有可能先离开人世,而且,要是我能带她返回我的家乡,我们就可以远离这个不人道的规矩了。

命运真是捉弄人，不久后，我的妻子病了，在病榻上躺了几天就去世了。我们的亲朋好友怀着浓厚的情谊纷纷来到我家，为我妻子的过世向我表示慰问，也对我即将离开这个世界表示哀悼。不断有人前来吊唁，每时每刻都有人坐在我身边，我想逃也逃不掉。女人们来清洗我妻子的尸身，给她穿上她最华丽的衣服，戴上金饰。他们把她放在了棺材里。

在那个灾难性的日子，她被列队抬到海边，在那里，我不得不亲眼看着石头被推开，她的尸体被扔进井里。然后，送葬人围拢过来，他们最后一次握紧我的双手，向我表示慰问，我请求他们放过我这个外国人，不要让这野蛮的习俗夺走我的性命。我跟他们说，如果我一开始就知道这个习俗，我是绝不会同意娶她的。但他们只是同情地点点头，把绳子系在我身上，把我放进了井里。

我带着水瓶和七个面包到了井底，他们大喊着要我把绳子解开，他们好把绳子拉上去。我拒绝听命，他们干脆把绳子扔下来，又用那块沉重的石头封住了井口。

我向四周张望，可以看出自己是在一个巨大的山洞里，里面满是死尸，许多濒死者的呻吟一声接一声传来。我能想到的就是大骂自己愚蠢至极，竟然答应在外国结婚，结果，好不容易逃脱了一连串的不幸，却再次落入糟糕的境地。

"我真活该！"我捶胸顿足，痛苦地哭喊起来，"当初要是淹死在海里就好了，那样还体面一点儿！"

我扑倒在地上的一堆骨头中，躺在那里抽泣，后来饥渴难耐，只好吃了一点儿面包，喝了一点儿水。

我摸索着穿过山洞，在岩壁上发现了一块突出的岩石，那里没有人的尸骸，我就在那里睡了一会儿。

我不知自己在洞里过了多久，但我知道我已经喝完了最后一口水，吃完了最后一块面包。

接着，突然传来了巨石被推开的声音，一道明亮的阳光射进了山洞。一个女人的尸体先被放了下来，她依然在世的丈夫随即也被放了下来。他和我的年纪差不多。

那个不幸的人爬到山洞的一个角落里，一动不动地躺在那里。我看了很长时间，当我终于敢接近他时，却发现他已经死了。

过了一段时间，我找到了他的死因。一定是一种致命的瘟疫肆虐了这个城市，有更多的尸体被放进洞穴，而他们那些在劫难逃的伴侣没过

多久也死了。他们的不幸对我来说则是幸运,因为他们给我留下了充足的面包和水。

后来有一天,黑暗中山洞一角尸体之间响起的刮擦声把我吵醒了。我抓住一根骨头护住自己,站了起来。我担心可能是狼或鬣狗,或更厉害的野兽,但我还是觉得必须去查看一下。那东西一听到我弄出的动静,就跑到洞的另一头去了,从它那蹦蹦跳跳的样子看,可知是一头小野兽。我确信肯定有出去的路,便决心沿路过去看看。

我犹犹豫豫地跟着声音走,走着走着,我看到远处有一个光点。过了一会儿,我发现光点变得越来越大,在岩壁上形成了一个裂缝的形状。我又仔细观察了一下,认为这是岩石上的一道天然裂缝,总有动物在饥饿的时候进洞吃人尸,把裂缝扩大了。

我没费多少力气就从裂缝爬了出去。我发现自己来到了一个陡峭的悬崖上,俯瞰着远处的海滩和海滩另一边闪着微光的大海。我又要感谢

我的好运了。

  我返回洞穴,从尸体身上扒下最贵重的袍子,麻利地做成了口袋,敛起最好的金银饰品、宝石和其他贵重物品装了进去。我还找了一些食物和水,把一些较好的衣服套在自己的衣服外面,把口袋扛在肩上。

  我决定在山坡上耐心地等着,等命运之神派船来救我。我确信,只要我不时返回山洞,就能得到源源不断的新鲜食物和饮用水。

  后来,有一天刮大风,海面上波涛汹涌,泛起了泡沫。我看见远处有一艘船。我跑回洞里找到一块白色的裹尸布,用一根棍子做了一面旗子。然后,我爬到下面的岸边,边跑边疯狂地挥舞着旗子。

  船靠近了,我能听到船员们在大声对我说话:"你是谁?你是怎么到这座山上来的?我们从来没有在这里见过活人。"

  在大海的咆哮声中,我告诉他们我是一个绅士,是一个商人。我的

船在这片海域沉了,多亏了命运之神的眷顾,再加上我自己的力量、技巧和努力,我才保住了自己的性命和我的一部分货物。

他们派了一只小船,把我和我的货物接回了大船。船长很友好地招呼了我,但他见我在小岛的这一边,感到非常惊奇,他说这里向来没人,此前他只见过野兽和海鸟。

我考虑到船员中可能有人来自那座城市,觉得还是不要说起那个山

洞为好。不过，我还是把我上次海难的经过详详细细地讲给他听了。

我拿出我收集的一些最好的宝石和珍珠送给他，感谢他救了我的命，并解释说我身上没有现金。

"每当我们发现遇到海难的人，都会把他们救上来，给他们食物和衣服。这是我们的习惯，也是我们的责任。"他和蔼地回答，"我们非但不会接受他们的钱财，还会把他们送到安全的港口，并给他们一些钱。"

我非常谦恭地感谢他的仁慈，并祈祷他能长寿。

航行在大海上，我总算摆脱了关于洞中经历的恐怖记忆。我们在贝尔岛停了下来，那里有一座很大的城市，从一边走到另一边需要两天的时间。六天后，我们到达了卡拉岛，这个岛由一个强大的国王统治，岛上的优质樟脑、印尼藤（用来制作上好的手杖）和铅矿都很有名。

最后我们在巴士拉登陆,之后我就回了家,和亲戚朋友们团聚。我把带回来的珍贵物品都存了起来,还向城里所有不幸的人布了施。

我又恢复了以前那种寻欢作乐的生活。这就是我第四次航行的故事。明天我会把我第五次航行的故事告诉你们。

* * *

这之后,客人们吃了晚饭,水手辛巴达又给了脚夫辛巴达一个钱袋,里面装着一百个第纳尔金币。脚夫辛巴达满脑子都是他听到的那些奇遇,晚上几乎没怎么睡。第二天一大早,他就起了床,与最早前来的客人一起,听水手辛巴达讲他第五次航行的始末。

水手辛巴达的第五次航行

我又过起了无忧无虑的快乐生活，很快就忘记了我在航行中所经历的种种危险和苦难，最后，前往异域的强烈愿望又像以前一样，牵动着我的心。

根据经验，我购买了最适合航行的装备和货物，并着人运到了巴士拉。在港口，我发现了一艘崭新的船，我非常喜欢，当场就买了下来。我雇了一个技术熟练的船长和一些船员，又派我的几个管家监督他们。许多富有的商人给我钱，要我带上他们和他们的货物，我接受了，立即下令开船。

我们从一个城市航行到另一个城市，从一个岛航行到另一个岛，做着买卖，日进斗金。后来，有一天，我们来到一个荒岛上，沙滩上有一个球形的、白色的东西，一半埋在沙子里。

我在船上处理一些事情，商人们就上岸去查看那个东西。他们不知道那是什么，就用石头敲打，想看看里面是什么。事实上，那是一颗大鹏鸟的蛋，他们很快就用石头打破了蛋壳。水从蛋里喷出来，露出了里面的一只小鹏鸟。

商人们立刻决定生一堆火，把这只鸟烤来吃。为了达到这个目的，他们开始费力地把小鸟从壳里拉出来。一个船员看到后，立刻把这件事告诉了我，我顿时吓得魂不附体。

"可怜可怜我吧，不要碰那颗蛋，快回船上。"我喊道，"否则，大鹏鸟看到你们攻击幼鸟，会攻击我们的！我命令你们赶快回到船上，否则就来不及了！"

但已经太迟了。雄大鹏鸟强有力的翅膀遮住了太阳，四周都变暗

了。雄大鹏鸟在岸边那几个人的上方盘旋,愤怒地叫着。听到它的示警叫声,它的伴侣也出现了,两只鸟在人们头顶上空飞来飞去,商人们惊慌地逃回了船上。

让我松了一口气的是,大鹏鸟决定飞走,但我的本能告诉我要立即解开缆绳,驶向大海。我的直觉是对的。不久,大鹏鸟又出现了,它们的爪子里都抓着巨大的石头。雄大鹏鸟率先扔下巨石,但没有砸中我们。不过石头激起了海浪,船猛烈地摇晃起来。船尚未恢复平稳,雌大

鹏鸟也丢下巨石,石头砸穿了船舱,船舵化为碎片。

船立刻沉了,我们都从甲板掉进了海里。幸运之神又来到了我身边。船上的一块大木板就在我伸手可及的地方,我抓住木板,跨坐在上面,双脚使劲划着,直到风和浪把我送到另一个岛屿上。

我恢复了足够的体力,就去新环境里探索。我不禁松了一口气,我发现我被抛到了一片宜人的海岸上。这里的树上结满了各种各样的果子,空气中弥漫着花香。我吃得饱饱的,喝了清凉的溪水,然后沉沉地睡去了。第二天早上,我神清气爽,开始进一步探索。我一直以为岛上无人居住,因此当我看到一个系着棕榈叶腰带的老人独自坐在溪边时,我不由得大吃一惊。

我猜想他一定也是在海难中幸免于难的商人之一,于是行了个礼,向他问好。他做了个手势回应我的问候,但一句话也没说。

"尊敬的先生，"我说，"你怎么坐在这里，我能帮上什么忙吗？"他悲伤地摇了摇头，做了个手势，好像要我把他扛在肩上过小溪。

我见老人可怜，便心甘情愿地蹲下来，把他扛在肩上，跨过了小溪。我又蹲了下来，让他从我的肩膀上下来，但他用腿紧紧地缠住了我的脖子。

我仔细一看，才发现他的双腿像水牛皮一样又黑又粗糙，我有些惊慌，试图把他甩下来，但他更紧地缠住我，我甚至都有些喘不上气，觉得头重脚轻。

这之后，他让我明白了谁才是主人。他用手做手势，用腿紧紧夹着我、踢我，示意我背着他从一棵树到另一棵树，让他摘最好的果子。要是我误解了他的指示，累得走慢了一点儿，或是失足绊了一跤，他就会用脚踢我的肋骨，每次都痛得我大叫。

日日夜夜，我都要忍受这种折磨。他从来没有从我的肩膀上下来过。晚上，他累了，就示意我躺在地上。但即使睡着了，他的腿也紧紧地勾住我的喉咙。第二天早晨，当他准备动身时，就会用脚后跟把我踢醒，这一下比棕榈棒打在身上还要痛十倍。

我又大骂自己愚蠢，深深后悔当初不该可怜这个卑鄙的人。我还发誓，在我有生之年，都不会再帮助任何人了。我过得太悲惨了，有时真希望一死了之，但我还是拖着疲惫的身体坚持着。

后来，有一天，我想到了一个办法，可以让自己从痛苦中稍稍解脱出来。我按照吩咐，停在一处有许多藤蔓和葫芦的地方，其中一些很干。趁那个老人只顾着摘果子的当儿，我摘了一个干了的大葫芦，拧掉顶部，把里面的瓤子挖出来，洗干净葫芦，又采了一些葡萄，把汁挤进

去,让葫芦里充满了葡萄汁。然后,我把葫芦的口塞住,挂起来暴晒。

几天后,当我们再次经过那里时,我借机喝了一口,汁液已经发酵成了浓酒,喝了非常提神。每次经过这个地方,我都会尝一点儿,以缓解疼痛。

有一天,老人低头看到我在喝酒。他愤怒地踢着脚跟,挥舞着手臂,好像是在问:"你在干什么?"我试图向他解释,喝了酒,我能高兴一点儿。为了让他明白我的意思,我又喝了一大口,开始背着他跳起舞来。我在树林中走来走去,拍着手唱歌。

他马上想喝一口尝尝,我别无选择,只好把葫芦递给他。他很喜欢喝,喝得一滴不剩,立刻感到头昏眼花。他开始猛烈地摇晃,还拍着手。

最后,他醉得太厉害了,我能感觉到他绕在我脖子上的腿的肌肉在放松。我抓住机会,拉住他的腿,把他从我的肩膀上向后甩了出去。我简直不敢相信自己的好运气。我转头去看,才发现他摔下去的时候脑袋撞到了一块大石头,已经死了。

我体会到了很长时间都从未有过的轻松感。我回到岸边,留意着远处有没有船只。

许多天过去了,终于有一艘船来了,一些乘客上了岸。他们一看到我,就想知道我是怎么到这个偏僻的岛上来的,于是我把从巴士拉起航以来发生的一切都告诉了他们。

他们对我说,我能活着从上次的遭遇里逃出来,可以说是幸运至极。我遇到的好像是"海老人",只要被他的腿绕住脖子的人,没有一个能活下来。他们背着海老人,会活活累死,而海老人还会吃掉他们消瘦的身体。

他们又祝贺我交了好运,给了我一些吃的和喝的,还给了我几件我急需的干净衣服,把我带到了他们的船上。

过了许多天，我们在一个他们称为猿城的地方登陆。那里有许多富丽堂皇的房屋，栋栋面朝大海，整个城市只有一扇大门，上面钉满了铁钉。他们告诉我，每天黄昏时分，居民们就从大门出来，乘船出海，在海上过夜，以免遭到山里猿猴的攻击。

虽然我有充分的理由提防猿猴，但我还是冒险上了岸，去查看那座城市，毕竟当时还是白天。但是，使我极为苦恼的是，船竟然没带上我就开走了。看来，我又一次把自己置于不幸的境地。

幸运的是，一个居民认出我是陌生人，就过来找我，提出要帮我。他听说我被困了，立即在他的船上给我腾了一个位置。"只要你晚上待在这里，猿猴就伤害不了你。"他说。

就这样，我在他的小船上安全地过了一夜，船离岸边大约有一公里远。第二天早上，我们和其他小船一起划回岸边。我了解到，猿猴在吃完了果园里的果实后，天一亮就回到山里，晚上才会再次出来。

还有一个人也很同情我，就问我会不会什么手艺，在等另一条船载我回家的这段时间里可以谋生。我告诉他我是个商人，十分富有，不久前还拥有自己的船。他听了便递给我一个棉布袋。

"拿着这个袋子，去海滩捡一些鹅卵石放在里面。"他说，"我会介绍几个人给你认识，你和他们待在一起，我保证你一定能挣到每天的面包，不会两手空空返回家乡。"

他陪我到了海滩，我捡了很多石子，然后，他把我托付给几个带着类似棉布袋的居民。他们对我表示了友好的欢迎，并把我带到一片宽阔的地方，那里有一些高高的树，树干很光滑，没有人爬得上去。

有许多猿猴在树下睡觉，它们听到我们走近，纷纷爬上树顶，躲在树枝上。这时，我注意到同伴们打开袋子，取出了石子。

令我惊讶的是，他们开始把鹅卵石扔向猿猴。更让我吃惊的是，愤怒的猿猴开始报复，它们从树上摘下椰子，砸向我们。我们开始捡椰子。我袋子里的石子还没用完，我和同伴们就已经捡了足够多的椰子。

回到城里，我去了把我介绍给这群人的好心人家里，要把宝贵的椰子给他，但他婉言谢绝了，并给了我一些好的建议。

"回家之前，就把这当作你的营生吧。"他说，"你每天拿着小石子去，捡椰子回来，你可以把椰子放在我的仓库里，我会给你一把钥匙。你可以把熟透的果子卖了，或自己享用。至于其他的，如果运气好的话，你可以在回家的路上拿去卖。"之后他祝我好运。

于是，我每天都和人们一起去捡椰子，然后在集市上卖掉椰子大赚一笔。这样一来，我在这个城市过得很舒服。不过，当一艘船终于靠岸时，我还是很高兴，总算可以返回家乡了。

我感谢了朋友的好意，便兴致勃勃地带着我的新货物上了船。

我们从一个岛航行到另一个岛，从一片海航行到另一片海，每到一处我都能赚很多钱。我们去的其中一个岛上盛产丁香、肉桂和胡椒，我购进了很多。

有人告诉我，每串胡椒果实的边上都长着一片巨大的叶子，为胡椒遮挡阳光，在雨季遮挡雨水，等不再有需要，叶子就会垂下。

我们去了一个叫艾尔-尤斯亚特的岛屿，科摩林角的沉香木就来自这个岛。我们还去了一个很长的岛，从一端到另一端需要走五天，这

儿的沉香木比科摩林角的沉香木更好,可惜岛上的居民很粗俗,没有道德心。

在那里我们去了一些采珠场,我把椰子送给一些采珠人,对他们说:"去海里为我带来好运吧!"他们确实这样做了,从潟湖的深处给

我带回了一大堆无价的珍珠。

最后我回到了巴士拉,从那里我回到了巴格达,我再次把所有的亲朋好友聚在身边,庆祝我的安全归来。我可以慷慨地向所有人赠送礼物,向穷人分发救济品。

这就是我第五次航行的故事。明天我将告诉你们我第六次航行的故事。

***

  他们吃完饭后,水手辛巴达给了脚夫辛巴达一百个第纳尔金币,要他明天一定早点来。

  第二天早上,他们两个人一直聊着天,等到其他客人都来了,水手辛巴达吩咐人端上美食,讲起了他的第六次航行。

水手辛巴达的第六次航行

第五次航行回来后，我过着悠闲奢侈的生活，把所受的苦全忘了。生活本来完美无缺，可后来有一天我招待了一群商人。他们刚一开始讲起他们在异域的冒险，以及买卖异国商品有多快乐，我的灵魂就渴望再次前往海上航行。

到这个时候，我已经很有经验，知道需要买进什么样的上好货物去航海经商。很快我又回到了巴士拉，和其他富有的商人一起登上了一艘坚固的船。

我们兴致勃勃地起航了，从一个城市航行到另一个城市，从一个岛屿航行到另一个岛屿，赚了一大笔钱，欣赏着陌生的风景。幸运之神曾眷顾了我们一段时间。

但是有一天，船长把他的头巾扔到甲板上，举起双手，号啕大哭起来。他揪着胡子，用双手捂住脸，跪在地上哭着说："唉，唉，我的孩子这么小，就要成孤儿了！"

我们惊慌失措地围在他身边，求他告诉我们出了什么事。好像刹那间天色就暗淡了，世界陷入了可怕的黑暗。他终于恢复了镇定，抬起头来和我们说话。

"先生们,出事了。"他压低声音说,"我们偏离了航向,漂进了一片未知的水域。除非幸运之神很快给我们提供逃生的方式,否则我们必死无疑。现在,开始祈祷吧!"

说完,他爬上桅杆,看看附近是否有船可以帮我们。他本想降下船帆,可突然刮起了一阵狂风,把船刮得转来转去,船撞到了岩石上,船舵也断了。

"没有人能逃脱命运的安排。"船长一边顺着桅杆下来,一边哀号着说。许多商人听了,便撕裂了长袍,哭泣着做最后的道别。

我刚看清那些岩石是一座从海面上隆起的大山露出水面的部分,大船就又撞上了岩石,船身立即四分五裂,我们都被抛进了汹涌的海水中。许多人淹死了,但我和其他一些商人幸运地被冲到了海岸上。

从山脚下，我可以看出我们是在一个荒凉的半岛上，较低的斜坡上到处都是海水冲上来的船只、货物和船上设备的残骸。幸存下来的商人们像着了魔似的奔向这片被遗弃的宝藏，但我决定走自己的路。

我爬上较低的悬崖，发现一条小路通往岩石密布的内陆。在我前面不远的地方，我看见一条小溪从岩壁里流出，又消失在不远处的岩石中。想象一下，当我弯下腰来，想喝一点儿清澈的溪水，让自己恢复一下精神，却看到河床上有许多红宝石、珍珠和其他各种各样的宝石，就像许多鹅卵石一样时，我有多么惊奇吧。甚至在小溪边的沙地里，也有闪闪发光的宝石和珍贵的矿石。

我继续往前走，看到半岛上有大量的沉香木。这里还有龙涎香，由于阳光的炙烤，龙涎香软化了，像蜡或树胶一样流动，海怪会将它们吞到肚子里，再次潜入海底。可是龙涎香会灼痛它们的肚子，它们只好把龙涎香吐出来。龙涎香在水面上再次凝固，颜色和质地都会发生变化。最后，龙涎香会被冲到海滩上，识货的旅行者和商人就会把它们捡走。

并不是所有的龙涎香都会流到大海里，有些流淌在田野间的小河里，然后被冲到岸边，在阳光的照射下软化，整个山谷都弥漫着一股麝香似的芳香。但是，这座山看起来如此令人生畏，似乎还没有旅行者找到这些宝藏。

我回到布满岩石的岸边找到同伴们，我们先聊了一会儿这个神奇的地方，但随后我们就想起了自己不幸的处境，立即着手从海滩上的废墟中尽量找些吃的。食物太少了，在接下来的几天，虽然我们小心翼翼地分配，但所有人还是出现了腹绞痛和恶心的症状，身体变得十分虚弱，很多人都死了。我们给他们洗了澡，用被冲到岸上的衣服和亚麻布裹好他们的尸体，尽我们所能地把他们埋葬了。

命运又一次保护了我，但那个可悲的日子终于来了，我埋葬了我的最后一个同伴，不得不独自一人在这荒凉的地方面对惨淡的人生前景。想想看，我曾经拥有那么多，现在却只能靠这么少的东西过活。"要是我能早一点儿死就好了。"我心想，"总好过一个人悲惨地死去，没有人帮我清洗尸体，把我埋葬。"

这个念头一直在我的脑海里挥之不去，我拿起一把丢在岸上的铲子，为自己挖了一个很浅的墓穴。等我感到自己越来越虚弱了，我就可以躺进去，死在里面，我知道流沙很快就会覆盖住我的尸体，将我埋葬。我又大骂自己愚蠢，明明在前五次的航行中经历了那么多磨难，竟然还要离开舒适的家乡，冒着未知的危险再次出海。

在家里，我拥有一辈子都花不完的钱财，而我为了赚更多的钱，已经放弃了享用金钱的机会。

当我坐在那里为自己的愚蠢哀叹时，我的目光落在了一条淡水河上。我突然想到，小河一定会流去某处，说不定会途经有人居住的地方。于是我动手用从残骸里找来的绳子把沉香木绑在一起，扎了一个小木筏。我又挑选了一些大小相同的浮木板绑在基座上，形成一个坚固的平台，筏子宽窄正好，可以顺流而下。

我把货物、宝石和从海滩上捡来的龙涎香，以及吃剩的食物和一些野菜都放在了筏子上。最后，我选了两根木头当桨，把木筏推进水里，心里想着，有句谚语说得好："不入虎穴，焉得虎子。"

　　我让木筏漂流了一会儿，河水从一个小洞口流进了大山里。在黑暗中，我能感觉到木筏刮擦着岩壁。不久，我不得不趴着，以免脑袋撞到洞顶。我突然想到，要是隧道再收窄，木筏就会被卡住，到时候根本不可能逆流往回划。

　　缓慢地漂了几个小时，疲劳、黑暗和对被困的恐惧让我的感觉变得十分混乱，我失去了意识。我趴在木筏上漂流了多久，我也说不清，但当我再次睁开眼睛时，我发现天已经大亮了，我正仰面躺在草地上。我环顾四周，看见我的木筏停泊在一个小岛上，许多印第安人和阿比西尼亚人正在仔细地观察木筏。

　　其中一个人发现我醒了，他们就都走到我身边，立即开始用不同的语言叽叽喳喳地说个不停。他们说的话我一个字也听不懂，由于在黑暗的隧道里待了很久，肚子又饿，我感到头昏眼花，我有点儿怀疑自己是不是还在做梦。

他们看到我很困惑，其中一个人便试着用阿拉伯语和我交流，问我怎么会到这里来，还说从来都没有人从山的另一边到达他们这里。我很高兴能回答他的问题，并请求他说说我在哪里。

"朋友，"他说，"我们是这片土地上纯朴的农民，今天早上出来给庄稼浇水，发现你在木筏上睡着了，我们就轻轻地把你抬到了田地里。"然后他问了很多关于我冒险的细节。

但我请求他先给我点吃的，他很乐意地给了我。吃了东西，我感到神清气爽，详细地讲述了我的经历，满足了他们的好奇心。他们连连称奇，还一起讨论起来。

最后，他们认为我已经恢复，可以去见他们的君主，也就是萨兰迪布国王了。于是，他们把我和木筏（货物、宝石和龙涎香依然绑在木筏上）带到了王宫。在那里，我的阿拉伯语翻译向国王解释了我是如何来到他们国家的。

国王恳求我把我的故事从头到尾重复一遍。我讲完后，他恭喜我平安脱险，还说我的确经历了一番奇遇。

在这之后，我要求从木筏上取来大量珍贵的宝石和龙涎香，并把它们作为礼物送给国王。国王很感激地接受了，并请求我作为他的客人住在宫殿里。就这样，我结识了许多达官贵人。

我可以自由地尽情探索。不久我就发现，萨兰迪布岛的昼夜各有十二个小时。这个岛有八十里格长，三十里格宽，中间有一座高山和一道深谷。走上三天，就可以看到大山，里面有各种各样的红宝石和其他宝石，还有各种各样的香料树。大山的表面覆盖着金刚砂，可用于切割和雕琢宝石。河床上布满了钻石，山谷里布满了珍珠。我爬到山顶，一连几个小时为这个难以形容的奇妙地方惊叹不已。然后我回到了国王那里。

每当有旅行者和商人来宫中拜见国王，我都会被介绍给他们，他们询问我家乡的情况，以及哈伦·拉希德哈里发是如何统治国家的。我讲了他的智慧和优点，也问起其他国家的习俗。

随着国王对哈伦·拉希德的统治方式了解得越来越多，他就越来越觉得钦佩。"确实，你有幸拥有一位贤明的统治者，值得称赞。听了你讲述的他的事迹，我对他充满了深深的敬意。我要送给他一份礼物，请你代为转送。"我听了非常高兴，并向国王保证我会将他的赞美转告哈伦·拉希德哈里发。

事实上，这之后，我在国王这里住了很久，得到了他赠送的很多礼物。后来有一天，我听说一队商人正在装船，要前往巴士拉，我意识到机会来了，我可以返回家乡，也能完成国王交代的任务了。

我立即把我的发现禀告了国王，并请求他允许我上船。"你现在是，将来也永远是你自己的主人。"他和蔼地说，"你知道的，如果你想留在这儿和我们待在一起，我很乐意也很荣幸为你提供食宿。"

我衷心地感谢了他，并告诉他，尽管我被他的善良和慷慨感动了，但我还是深深地思念着我的家人和我的朋友。国王听我这么说，便从他的宝库中赏赐了我一大笔财富，并委托我将一份珍贵的礼物送给哈伦·拉希德哈里发。他又给了我一封信，请我亲手将信呈交给我们的领袖。

"我会照办的。"我答道，从他手里接过信。信写在一种比羔羊皮更精细的黄色羊皮纸上，墨水是深蓝色的。国王在信中先友好地问候了哈里发，然后描述了国王的宫殿和庄园中的一些奇观，并请求哈里发接受一份微不足道的礼物（虽然对哈里发来说这份礼物不算什么），作为兄弟情谊的象征。

这份微不足道的礼物包括一只一拃高的红宝石茶杯，里面装饰着珍贵的珍珠；一张床，上面覆盖着斑点蛇皮，那条蛇曾吞下大象，蛇皮可以保护任何躺在上面的人不生病；此外还有大量的沉香木。

国王召见了船主和商人们，委托他们照顾我，还支付了我的运费和旅费。在与他和我的其他熟人道别之后，我上了船，驶向巴士拉。

幸运之神向我们微笑，船开得很快。到达巴士拉后，我以最快的速度赶往巴格达和哈里发的宫殿，在那里我以国王的名义求见。我深深地鞠了一躬，把国王的礼物摆在哈里发面前，又把信递给了他。哈里发非常惊讶。

"国王写的是真的吗？"他问。

"是的，"我回答说，"我亲眼所见的奇观比他在信中写的还要多。在全国游行的时候，国王的宝座有十一腕尺高，放在一头巨象的背上，他端坐在宝座之上，王公大臣、侍从在他的左右站成两排。在宝座前面，一个武官手持金标枪；王座后面还有一个武官，手持巨大的金权杖，权杖顶部镶嵌着一块人拇指那么大的翡翠。当他骑马出去的时候，有一千个穿着金色锦缎和丝绸的骑兵护送他。一个武官骑马走在他前面，昭告他的伟大、权力和尊贵；另一个武官骑马走在他后面，高声喊着：'但他也有死的一天。他也会死。'此外，由于他为所有人树立了好

的榜样，城里根本用不到法官，他所有的臣民都能明辨是非，并据此生活。"

哈里发称赞了国王的智慧，并召集他的书记员记下了我所讲的在那个非凡国家的所有经历。他还送给我很多珍贵的礼物，并允许我回家。

回了家，我给我的亲戚和朋友分发了礼物，施舍了穷人和不幸的人，很快就忘记了我所经历的困难，再次开始享受奢侈和放纵的生活。这就是我第六次航行的故事。明天我将告诉你们我第七次航行的故事，那次比前六次都更不可思议。

* * *

在水手辛巴达的吩咐下，盛宴一直持续到深夜，他又像平时那样，给了脚夫辛巴达一百个第纳尔金币。随后众人各回各家，为他们所听见的故事感到惊奇。

第二天早晨，当脚夫辛巴达到达时，客人们已经聚集在一起，听水手辛巴达讲第七次航行的故事了。

水手辛巴达的第七次航行

我说过，第六次航行一回来，我就恢复了以往的生活方式，和朋友们一起享受美好的生活。

但渐渐地，我的灵魂又开始渴望大海和异国带来的刺激了。我把货物捆好，去了巴士拉，在那里我偶然发现了一艘即将起航的好船。我看到一群富商，很快就和他们熟识了。

一开始顺风顺水，我们都以为此次航行会很顺利，但在我们离开一个叫麦地那－阿尔辛的城市之后，一切都变了。当时，我们正聚在甲板上，起劲儿地讨论着我们这次出来航海做生意很成功，突然就刮起了一阵猛烈的逆风，天空仿佛裂开了，大雨浇在我们身上。

正当我们发疯似的用斗篷和帆布遮盖货物，免得货物受损的时候，船长出现了，他把上衣的下摆卷在腰带里，爬上了桅杆。我们看着他东张西望，用拳头猛击自己的额头，还拉扯胡子，好像心烦意乱极了。

我们开始惊慌，求他告诉我们出了什么事。他爬下来，催促我们做最后的祈祷并互相告别，因为风太大，把船吹向了深海。

他打开他的储物箱，拿出一个蓝色的棉布袋，从里面取出一些灰尘一样的粉末。他把粉末撒在一个湿了的碟子里，等了一会儿，尝了尝，又闻了闻。在那之后，他查阅了一本旧书，一边读一边喃喃自语："唉，这预示着灾难即将降临。这里是国王之海，有可怕的海怪经常出没。每当有船不幸漂流到这片水域，就一定会有海怪从海底浮出，连人带船一起吞下去。"

我们听了船长的话，都吓坏了。就在此时，一声雷鸣般的巨响突然响起，我们更是吓得魂不附体。一个山一般的海怪出现在我们面前，它

的模样可怕极了。就在我们祈祷的时候，另一个海怪冲出水面，比第一个海怪体形更大、样子更可怕。第三个也是最大的一个海怪张着大嘴向我们冲过来，眼看就要把我们吞下去，我们吓得连动都不敢动了。

海怪那张开的大嘴如同一座城市的城门，它的喉咙就像一条又长又黑的隧道。可是，就在我们要被吸进海怪嘴里的时候，忽然刮起了一阵狂风，把船抛到一片很大的暗礁上，船身撞得四分五裂，我们大家也都被抛到海里去了。

我设法脱下外衣，抓住一块在汹涌的海浪中四处漂浮的木板。最后我跨在板子上，任凭风浪随意地冲击我。我心里苦恼，身体疲惫不堪，哀叹自己的意志如此软弱。我曾多少次对自己说，我必须放弃危险重重的大海，又有多少次，我骗自己说我一定可以做到。

"我不能责怪任何人，也不能责怪命运。"我号哭道，"我遭此大难，纯属活该。"这是我第一次发自内心地为自己对财富的贪婪感到后悔，我还发誓，如果我能再度安全回家，就再也不出海了。

一连两天，我在风浪中漂漂荡荡，最后，我被抛到一个很大的岛上，那里草木葱茏繁茂，有很多清澈的溪流。我喝了些水，吃了些水果，精神好了一些，便坐下来，想到无论我在旅途中遭遇了多少不幸，命运之神最终总是会向我露出微笑。

于是我开始在岛上探索，不久便发现附近有一条水流湍急的大河。回想起上次冒险时做木筏自救的情景，我决定再扎一只木筏。我想，即便在急流中丧生，至少也可以结束我的苦难。

于是我开始从树上找来大量树枝，当时我并没有意识到这些木头是最好的檀香木。我把藤条拧成绳子，把木头固定在一起。然后，我把木筏放到河中央，把自己交给了命运。

急促的水流带着我漂了三天三夜，而我只有一点儿野果来支撑生命，只有河水可以解渴。第四天天刚亮，我就被恐惧和饥饿折磨得虚弱不已，头昏目眩了。

我眺望前方，只见河水流进一座高山之中，我心中的恐惧顿时加剧了。以前在狭窄隧道里所经历的磨难浮现在眼前。于是我竭尽全力抓住悬垂在河上的树枝，以免自己被冲进隧道。但水流太猛了，我一头栽倒在木筏上，直冲进了那个黑洞。

幸好隧道很短，很快我就来到了外面。我的下面是一个山谷，河水

咆哮着倾泻而下。我拼命抓住木筏的两侧,不敢睁开眼睛。水流逐渐变得和缓,但我还是没有足够的力量或决心把木筏驶向河岸。

最后,我发现自己被冲向了一个港口,那里的城市很大,气势雄伟。人们看到我漂了过来,便和我打招呼,还从码头上扔出绳子。但我筋疲力尽,抓不住绳子,他们只好撒了一张网套在木筏上,把它拖上岸。他们把我抬起来,仿佛我是个死人。

接着,一位举止庄重的老人穿过人群,彬彬有礼地向我鞠了一躬,把一件长袍披在我的肩上。他恳求我和他去澡堂,在那里他吩咐侍从给我取暖,用有香味的水给我洗澡,还在我面前摆上了美味的果子露。

之后,他们给我穿上华丽的衣服,把我带到老人的家里。在那里,我受到了贵宾般的欢迎,各种各样的美味佳肴纷纷摆在我的面前。老人的侍从给我拿来了洗手的热水，他的女仆为我送来了丝绸餐巾。

主人说已经为我准备好了房间，仆人也听我差遣。我谦恭地感谢他，在他家里住了三天，接受他慷慨的款待。在这段时间里，我的恐惧减轻了，心情完全放松下来。

第四天，主人来到我所住的客房，对我说："我的孩子，看到你恢复得这么快，我真高兴。我们一起到集市去，卖掉你的货吧，肯定能卖个好价钱。我猜测你是一个商人，卖了货，赚了钱，你就可以购买一些又有用、又有价值的商品来交易了。我已经吩咐仆人为你取回货物了。"

听了这话，我完全糊涂了。"谢谢你的关心，先生。"我说，"但是，我很不幸，坐的船失事了，哪里还有什么货物呢？"

"我看你经历了这么多磨难，脑袋还有点儿迷糊。"他同情地说，"但你还是跟我一起去集市吧，如果有商人给出合理的价格，我们就接受；如果没有，请允许我把货物送到我的仓库里，等待有人出更公平的价格。"

出于好奇，也为了不惹恼好心的主人，我同意陪他去集市。在那里，我惊讶地看到一群看起来很富有的商人聚在我那只木筏的残骸周围，看样子都很心急。

主人的经纪人大声说这是质量最好的檀香木，这一带还从来没有这么好的檀香木出售过。竞价马上就开始了，最后有人出价一千个第纳尔金币。

听到这里，主人转过头来对我说："现在行情不太好，这个价格还算公平。你是愿意接受呢，还是希望我把木料存放在仓库里，等情况好

一些再说?"我只能说我愿意接受他的建议。

"如果是这样的话,我的孩子,"他说,"我比最后一个出价者多出一百个金币,你愿意把这些木头卖给我吗?"

我非常感动。"你给了我慷慨无私的帮助,只要你觉得合适,无论你出多少钱,我都接受。"我说。他彬彬有礼地微笑着,命令仆人把木头运到他的仓库。他和我一起回到他家,把钱数好放进几个袋子里,又把袋子放在一间用铁锁锁住的小密室里。他把钥匙放在我手里。

几天后,老人告诉我,他有一个提议,并且非常希望我能接受。"我已经老了,没有儿子。但我有一个年轻漂亮的女儿,她很聪明,还很富有。"他说,"如果你愿意娶她为妻,和我们一起生活在这个国家,我会很高兴的。我一定会把我的全部生意都交在你手里，让你成为家里的主人。"

我尴尬极了，无法回答。

"你就像我的儿子一样。"他继续说，"我的一切都将是你的。如果你想去自己的国家做生意，也不会有人阻止你。"

"你早已是我的父亲了，先生。"我说，"但在这个地方，我只是个陌生人。旅途中的苦难使我丧失了判断。我该怎么办，只能由你来决定了。"

听到我如此答复，他很高兴，立刻派人去请法官为我们主持婚礼，还吩咐仆人准备了一场盛大的婚宴。我一看到他的女儿就爱上她了。

她身段优美，举止优雅，身上戴满了金银宝石的饰品，看了令人眼花缭乱。

我们生活在一起，互相恋慕，日子过得和和美美。后来有一天，她的父亲安详地去世了。我们把他埋葬，他所有的财富都归了我。城里的商人们尊我为他的继承人，他是他们的首领，任何交易都必须通知他，经由他的同意，才可以进行。

就这样，我对那些人和他们的生意越来越熟悉。后来，我发现了一件很不可思议的事。每月月初，男人们都会变形。他们不仅样貌变了，还长出了翅膀。他们飞到高高的空中，空荡荡的城市里只剩下妇女和孩子。

我决定找个人下个月带我一起飞。时间到了，我遇到了一个正在变身的人，我向他提出了我的请求。

"不行。"他说。但我坚持，他最终让步了。就这样，没有告诉我的妻子和仆人我在做什么，我便爬到他的背上，感觉自己升到了空中。

我们和其他飞行的人越飞越高，我甚至可以听到天使在苍穹之下歌唱。我激动地喊道："赞美安拉！"可话刚一出口，就有一团烈火从天而降，其他人一边骂我一边向下俯冲。

我的同伴怒不可遏，粗暴地把我丢在一座高山的山顶，任凭命运摆布我。我的好奇心又一次使我陷入了可怕的困境。真是才出狼窝，又入虎穴。

就在我站在那里不知如何是好时，我看到两个年轻人沿着山坡走上山来，他们像月亮一样熠熠生辉，全都拄着一根发红的金棒。我如释重负地跪倒在他们的脚下，问他们是谁。

"我们是安拉的仆人，我们住在这片山里。"他们说。然后，他们递给我一根金棒，没再说别的，就继续走了。

我拄着金棒，大胆地沿着他们出现的那条路下山，突然，我碰到了一条蛇，蛇的嘴里咬着一个男人，他挣扎着，与蛇搏斗。那个人看见我，就喊着说，谁能救他，必能脱离一切苦难。我立刻用金棒击打蛇头，蛇感到痛，就把那人吐了出来。我又打了一下，蛇转身逃跑了。

"你救了我的命。"那人说，"作为回报，我可以帮你一个忙，告诉你下山的路。"我欣然接受了他的提议，他陪我一起上路了。

我们沿着山路走了一会儿，遇到了一小群人，我认出其中一个就是背着我起飞又把我丢下的那个人。我不想再度惹恼他，便走到他跟前，为自己无意中闯了祸而道歉。

他看上去仍然愤愤不平，对我说，我差点儿把他们害死。我再次向他道歉，请求他背我回城，并保证我一个字也不说。他看上去很不高兴，但还是勉强同意了。

于是我把金棒给了那个我从蛇口里救出来的年轻人，骑在另一个人的背上，飞回城市，到了我自己的家里。

妻子走上前来迎接我。她听了我的故事，露出了惊慌的表情。

"你绝不能和这些人一起飞。"她说，"一定要离他们远一点儿，少和他们打交道。他们是魔鬼的同党。"

我很惊讶，就问她父亲怎么会和这些人有来往。

"父亲不是他们中的一员。"她说，"他来自不同的地方，生活方式也与他们不同。现在父亲已经过世了，依我看，你还是卖掉我们所有的东西，带着我一起返回你的家乡吧。再买些货物，在返乡途中交易。这样更好。和这些人生活在一起，我很不自在。"

于是我陆续卖掉了这里的所有东西，然后寻找驶往巴士拉的船只。不久，我听说有家商号打算航行去巴士拉，却找不到船。最终，他们不得不购买材料，自己建了一艘船。当我表示他们造船的钱都由我来出时，他们很高兴在船上给我和妻子留个位置。

我们从一个岛航行到另一个岛，从一片海域航行到另一片海域，一路上一帆风顺，最终我们平安地到达了巴士拉。我立刻带着我的妻子出发前往巴格达，把货物储存在我的仓库里，还把我所有的亲戚和朋友都叫来我家。

他们见我回来，都啧啧称奇。他们计算了一下，我这次离开，整整走了二十七年。他们见到我，不由得喜出望外，惊奇地听着我讲述自己的经历。后来，我当着大家的面庄严发誓再也不会出海。就这样，我的第七次航行成为我人生中的最后一次历险。

* * *

水手辛巴达转向脚夫辛巴达，说："你看，我承受了那么多苦难，经历了那么多危险，才得到了这些财富。"

"的确如此。"脚夫辛巴达回答说,"我还曾忌妒你的好运,现在我向你道歉。"

从那时起,他们成了最好的朋友,互相陪伴,直到死亡最终召唤他们。

2
圣诞颂歌

作者：查尔斯·狄更斯
译者：邱婷婷

前　言 / 116

第 1 章　马利的鬼魂 / 119

第 2 章　第一个幽灵 / 151

第 3 章　第二个幽灵 / 179

第 4 章　最后一个幽灵 / 217

尾　声 / 241

前　言

　　民间故事、童话和传说已经存在了成百上千年。它们被反复讲述，从一代人传给下一代人，所以我们今天能在书本上看到的这些故事，不仅内容丰满，而且富有深刻的含义。很难想象，有人可以在短期内创作出一个可以与之相媲美的故事。

　　这正是在一百多年前，查尔斯·狄更斯完成的壮举。那时候他还是个年轻的作家，仅仅三十一岁，但已经大获成功，在整个英语世界享受盛誉。对狄更斯来说，成千上万的读者至关重要，因为即使身处工业革命时期物质富庶的英国，他仍然希望能通过自己的努力，激发读者对穷困人群的关心和帮助。狄更斯创作《圣诞颂歌》是在1843年圣诞节前，这部作品问世后很快就大受欢迎。之后，还被多次改编成戏剧、电影和电视剧，至今仍被广大读者和观众喜爱。

　　当然，我很高兴能为这部作品创作插画。《圣诞颂歌》的非凡之处——尤其是对一名插画家来说——是其中描写的各式各样且出乎意料的场景。这本小说的核心是关于一个吝啬、古怪的雇主和他那拿着微薄薪水的职员的故事。但是在狄更斯的妙笔下，有了诡异、梦幻的情节，而且他热爱的童话剧和戏剧的特征也时有体现。狄更斯用想象的翅膀，不仅带着我们参观了日常生活的场景，还遇见了神奇的过去、现在和未来的圣诞节幽灵，并和它们一起穿越了各种令人紧张的超现实主义场景，比如许多年前的冬天，以及很久以后的圣诞节，有温馨欢乐的场景，也有令人绝望的夜晚场景。故事的中心是活灵活现、让人过目难忘的主人公斯克鲁奇。他似乎代表着反圣诞主义——"他内心的冰冷冻结了他苍老的面容、冻坏了他的尖鼻子、冻皱了他的脸颊，让他的步伐也僵硬起来；他双眼发红、薄唇发紫、声音刺耳，但言语却精明刻薄"。但他仍然是一个普通人，在那神奇的圣诞夜旅行中，他再次找到了埋藏在内心深处人类真正的情感。斯克鲁奇的存在提醒着我们（我们仍然需要经常被提醒）慷慨善良的重要性，以及每个普通人存在的价值。我希望你们和我一样，能感受到这段出乎意料而又趣味横生的幽灵旅程的特别之处。

昆廷·布莱克

第 *1* 章

马利的鬼魂

话说，马利死了。这是板上钉钉的事儿。他的丧葬记录上，牧师、办事员、殡仪承办人和丧主都一一签名画押。斯克鲁奇也签名了。这可是交易所里响当当的名号，但凡斯克鲁奇着手做的事情，没有办不成的。所以，老马利就和门钉一样，死得透透的。

请注意，我并不是说在我的知识范围内能理解，门钉为什么就死得特别彻底。其实我倒认为，五金行业里面死得最彻底的，应该是钉棺材板的钉子。不过既然老祖先的智慧这么流传下来，我也不能去冒犯篡改，否则会影响国家的运势。所以，请允许我再强调一次：老马利就和门钉一样，死得透透的。

斯克鲁奇知道他死了吗？那是一定的。不然呢？斯克鲁奇和马利合伙做生意很多年了。斯克鲁奇是马利唯一的遗嘱执行人、遗产管理人、财产受益人，也是他唯一的朋友和唯一的丧主。斯克鲁奇本人倒并未因为这场丧事而悲痛欲绝，反而在葬礼当天仍然保持了他这个生意人的精明冷静，用极低的价格办成了这个隆重的仪式。

说到马利的葬礼，那么再回到我一开始的陈述，马利毫无疑问是死掉了。这一点必须先达成共识，否则我后面要讲的故事就不显得精彩了。打个比方，如果我们没有确认哈姆雷特的父亲在开场前就死掉了，那么他半夜在萧瑟的东风里跑去城墙上散步的行为，就和一般中年男人在天黑之后跑去一个阴风阵阵的地方，比如圣保罗大教堂的墓地，然后吓唬胆小的儿子一样，毫无戏剧性了。

斯克鲁奇一直没有把老马利的名字从商店招牌上拿掉。多年以后，店门上的招牌仍然写着：斯克鲁奇与马利。这个名字已经深入人心。有的新客户管斯克鲁奇叫斯克鲁奇，有的叫他马利，他都答应着：对他来说没区别。

但斯克鲁奇真是一个铁石心肠的吝啬鬼！他精于压榨、掠夺、搜刮、穷追不舍，而且贪得无厌，是个老恶棍。他就像一块又硬又尖的打火石，无论什么钢铁也无法在它上面摩擦出星星点点的慷慨之光；他又像一只孤僻的牡蛎，神秘兮兮且沉默寡言。他内心的冰冷冻结了他苍老的面容、冻坏了他的尖鼻子、冻皱了他的脸颊，让他的步伐也僵硬起来；他双眼发红、薄唇发紫、声音刺耳，但言语却精明刻薄；他的头发、眉毛都染上白霜，坚硬的下巴也像结冰一样。他仿佛带着冰冷的气场，即使是大热天，他的办公室里也冷得像冰窟。就连圣诞节到了，那儿的温度也不会上升一度，根本不可能解冻。

周遭环境的冷暖变化对斯克鲁奇没有任何影响。炎热不能使他发热，酷寒也不能使他发冷。他本身就是最凛冽的寒风、最肆虐的大雪、最无情的暴雨。恶劣的天气丝毫不能奈何他。狂风、暴雪、冰雹、冻雨和他相比，只有一点优势，那就是这些恶劣天气都"出手大方"，而斯克鲁奇从不这样。

从来没有人会在街上带着笑容和他打招呼："亲爱的斯克鲁奇，你最近过得怎么样啊？有空来我家玩玩啊。"没有一个乞丐会求他施舍一点儿钱，也没有孩子会去找他询问时间，更没有任何人，无论男女，会去找他问路。甚至连盲人的狗都认识他，一看见他走过来，就会拖着自己的主人藏到门廊或者小院里，然后摇着尾巴，仿佛在说："失明的主人啊，即使没有眼睛，也比拥有一双邪恶之眼好得多呢！"

但斯克鲁奇才不在乎呢！他巴不得事情变成这样。在人生拥挤的道路上，他侧身穿梭而行。只有知情人才了解，斯克鲁奇"情有独钟"的事情，就是警告世间的同情心都对他避而远之。

很久以前，在一个平安夜——一年中最美好的日子之一，老斯克鲁奇正在账房里忙碌着。外面天气酷寒逼人、寒风刺骨，而且浓雾弥漫，他能听见外面院子里的人呼着气走来走去，用手拍打上身，用脚跺着铺路石取暖。城里钟楼刚敲过三点，但天色已经很黑了，其实这一整天都没怎么亮过。附近办公室窗户里透出蜡烛的光芒，就像在触手可及的棕色空气上，再抹上一层红晕。浓雾从每条缝隙、每个钥匙孔涌进来，充斥了整个空间，即使院子不大，对面的房屋也影影绰绰看不清楚。乌云层层叠叠地压下来，一切都变得模模糊糊，让人觉得仿佛自然之神就住在附近，酝酿着天气的剧变。

斯克鲁奇的账房门大开着，因为他要时刻监督着他的办事员，那人坐在水箱一般的阴暗小房间里，正在誊写信件。斯克鲁奇点了个小火盆，办事员的火盆比他的还要小很多，看上去里面只有一块炭。但办事员不可能去加炭，因为斯克鲁奇把炭箱放在自己的房子里，如果他胆敢拿着铲子去加炭，那老板就会让他收拾东西走人的。所以办事员只能裹上他的白色围巾，寄望于用微弱的烛火取暖，但因为想象力不足，没能达到画饼充饥的效果。

"舅舅，圣诞快乐！愿上帝保佑您！"房间里突然响起一个快活的声音。原来是斯克鲁奇的外甥，他声音未落，人已经出现在面前。"呸！"斯克鲁奇说，"骗人的玩意儿！"

因为在浓雾和严寒中疾行,斯克鲁奇的外甥浑身散发着热气,帅气的脸上泛着红光,眼睛闪闪发亮,嘴里呼着白气。"舅舅,您说圣诞节是骗人的?"他说,"您不是这个意思吧?"

"你没听错!"斯克鲁奇说,"圣诞快乐?你有什么资格快乐?有什么理由快乐?你都穷得叮当响了。"

"那这么说,您又有什么资格沮丧,有什么理由郁闷?您已经腰缠万贯了!"外甥开开心心地回答他。

斯克鲁奇无言以对,只能又"呸"了一声,再跟了一句"骗人的玩意儿"。

"别生气啦,舅舅!"外甥说。

舅舅愤慨地说:"那我还能怎样?活在这么一个遍地是傻瓜的世界!圣诞快乐?去它的吧!圣诞节,只不过是一个让你发现又没钱付账单的日子,发现自己又老了一岁却没多赚到一分钱的日子,整理账目的时候发现过去十二个月每个月都亏空的日子!如果能让我做主,那么每个嘴上挂着'圣诞快乐'的蠢货都应该被扔到锅里和他家的布丁一起蒸熟，然后在他身上插上冬青枝，再挖个坑埋了！他们活该！"

"舅舅！"外甥只得求饶。

"外甥！"舅舅严厉地说，"你按你的方式过圣诞节，我也按我的方式过圣诞节。"

"按你的方式过节？"外甥说，"但是你根本不过节啊！"

"别管我过不过节！"斯克鲁奇说，"但愿你能得偿所愿！圣诞节许给了你多少好处啊！"

"我可以说，有很多事情都给我带来了好处，虽然这些好处并不是金钱上的。"外甥说，"圣诞节算是其中之一。抛开它的名字和起源带来的神圣感，还有其他一切与这份崇敬感有关的事情不提，其实每当圣诞节来临的时候，我总会觉得这是一个美好的日子，是一个充满善良、宽容、慈悲、愉悦的日子。一年到头，这是唯一的一个男人和女人似乎都能敞开心扉，把那些地位低下的人看作是一起走向坟墓的旅伴，而非另一条道路上的其他生物的日子。所以说，舅舅，虽然圣诞节没能在我的荷包里添上一点儿金银财宝，但我相信它给我带来了好处，并且以后也会继续给我带来好处。所以，我要说：愿上帝保佑！"

"水箱"里的办事员不由得鼓起掌来，但立刻意识到这么做不合适，便去拨弄火盆里的火，却把最后一丝火星弄灭了。

"如果你再弄出一点儿动静，"斯克鲁奇对办事员说，"那你就要在圣诞节卷铺盖走人！"他再转头对外甥说，"你可真是个出口成章的演讲家啊，你怎么没去当国会议员呢？"

"舅舅，您别生气啊！明天来我家，我们一起吃晚餐吧！"

斯克鲁奇说，自己会去见他的，斯克鲁奇的确会的，不过，那会先发生在地狱里。

"可是为什么啊？"外甥喊道，"为什么？"

"你为什么要结婚呢？"斯克鲁奇问。

"因为我陷入了爱河！"

"因为你陷入了爱河？！"斯克鲁奇不禁吼道，仿佛这是比圣诞快乐更荒诞的事情，"慢走不送！"

"但是，舅舅，我结婚之前你也没去过我家啊，为什么拿我结婚做现在不去的理由呢？"

"再见！"斯克鲁奇说。

"我不图您任何东西，我也不求您任何事情，为什么我们不能友好相处呢？"

"再见。"斯克鲁奇说。

"您态度这么坚决，让我打心底里难过。我们几乎没吵过架。这次我是因为圣诞节才来邀请您，所以我决定把圣诞的好心情保持到底。那么，圣诞快乐，舅舅。"

"慢走不送！"斯克鲁奇说。

"还有新年快乐！"

"再见！"斯克鲁奇说。

尽管如此，他的外甥依然毫无怨言地离开了房间。

他在门口稍作停留，向办事员致以节日的问候。后者虽然冷得发抖，内心却比斯克鲁奇温暖得多，他诚挚地回复了问候。

"这儿居然还有一个同类！"斯克鲁奇听到之后嘟囔着说，"我的办事员，每周工钱十五先令，屋里还有一大家子人靠他养活，现在居然在说什么圣诞快乐！这里简直快变成疯人院了。"

这个办事员一边送斯克鲁奇的外甥出去，一边又迎进来两个人。这是两位胖胖的绅士，看上去和蔼可亲，他们摘下帽子后站在斯克鲁奇的办公室里。他们手里拿着账本和文件，朝斯克鲁奇鞠躬致意。

"如果没弄错的话，这里是斯克鲁奇与马利商行吧？"其中一位先生对照手里的名单说，"请问，您是斯克鲁奇先生，还是马利先生？"

"马利先生已经去世七年了，"斯克鲁奇回答，"他去世的日子，正好是七年前的这个晚上。"

"我们相信他在世的合伙人一定像他一样慷慨大方。"这位先生一边说，一边递上了自己的证件。

那是自然，因为马利和斯克鲁奇的性格一模一样，但当听到"慷慨"这个不祥的字眼时，斯克鲁奇皱起了眉头，摇了摇头，把证件还了回去。

"斯克鲁奇先生，在这个充满节日气氛的日子，"那位绅士拿起一支笔，说道，"我们比平时更应该为那些贫苦的人尽一份力，这会儿是他们最艰难的时刻。成千上万的人需要日常补给，成千上万的人需要基本的温饱啊！"

"难道监狱都关门了吗？"斯克鲁奇问。

"有很多监狱呢。"这位绅士一边说一边放下了笔。

"济贫院呢？"斯克鲁奇追问，"济贫院都还开着吗？"

"对，都还开着。"这位绅士回答，"当然我希望济贫院能早日派不上用场。"

"那么踩踏车刑罚和《济贫法》都还在全力发挥作用喽？"斯克鲁奇说。

"都忙个不停呢，先生。"

"噢！听你之前说的，我还以为它们遇到什么问题不能正常发挥作用了呢。"斯克鲁奇说，"这样我就放心了。"

"我们觉得，这些措施并不能让普罗大众从身体和心灵上感受到作为基督徒的快乐。"这位先生回答，"所以我们几个人决定合力为穷人们筹集一些善款，用来购置一点儿肉、酒水和御寒的物品。之所以选择这个时机，是因为在这个时候，穷人们的需求最为迫切，而富人们正在庆祝生活的富足。我应该写上您捐了多少呢？"

"不要写！"斯克鲁奇回答。

"您是想要匿名捐赠？"

"我想要你们别再烦我了，"斯克鲁奇说，"既然你们问我想要什么，这就是我的答案。圣诞节的时候我从不找乐子，所以我也不会为游手好闲的人找乐子买单。我已经为我之前提到的那些机构缴了不少钱了，那些不能自食其力的人，就应该去那些地方。"

"很多人都去不了，还有很多人宁肯死在外面也不愿去那些地方。"

"那他们活该，"斯克鲁奇说，"他们死了算了，这样还能减少过剩的人口。况且——很抱歉——我不太了解这个。"

"但你可以试着了解一下。"这位绅士说。

"这不关我的事儿，"斯克鲁奇说，"一个人管好自己的一亩三分地已经不容易了，最好不要去干涉别人的事。我自己的事情就够我忙的了。再见，先生们。"

到了这个份儿上，两位绅士也知道多说无益，只能告辞了。斯克鲁奇继续埋头干活，内心对自己更加满意了，心情也比平时轻快了几分。

这时候夜色加深，雾也更浓了，有人拿着燃烧的火把，走在马车前面为马匹引路。教堂古老的钟楼上，声音嘶哑的老钟总是从哥特式的窗户里，顽皮地偷看斯克鲁奇。但现在这口钟已经被云雾遮掩得看不见了，只有在每个整点和整刻钟的时候，才传来它的钟声，后面拖着巨大的颤音，仿佛是因为它脑袋被冻得冰冷，牙齿直打战。天越来越冷了。大街上的一角，几个工人正在维修煤气管道，他们在火盆里生起了熊熊大火。一群衣衫褴褛的大人和小孩围在火盆旁，一边烤着手，一边兴高

采烈地盯着火焰。防火栓因为无人问津,溢出来的水愤愤地冻结起来,变成愤世嫉俗的冰。

　　华灯初上的商店里,冬青树枝和红浆果被橱窗灯光的热气烤得噼里啪啦直响,外面路过的行人那冻得发白的脸,也被映照成红彤彤的颜色。杂货店和家禽店里喧闹无比,就像在举办一场辉煌的盛会,而讨价还价、打折促销的事情,和这里是八竿子打不着的。市长大人正在他那座坚不可摧的官邸里,命令他的五十名厨师和管家们,务必把圣诞节操办得配得上市长大人家的排场。就连上周一因为酒后滋事而被罚款五先令的小裁缝,也老老实实地在阁楼上准备明天要吃的布丁,他那瘦骨嶙峋的妻子,则带着孩子出门买牛肉去了。

雾越来越浓,天越来越冷。寒气仿佛能把人包裹,然后刺透肌肤。如果善良的圣邓斯坦没有用他惯用的武器,而是用一点儿这样严寒的天气当作武器去夹住恶魔的鼻子,那么恶魔肯定会痛得哇哇大叫。一个年轻人停在斯克鲁奇的门口,残酷的寒冷折磨着他的鼻子,就像饥饿的野犬啃着一根骨头一样。他弯腰凑到门上的钥匙孔旁,向斯克鲁奇唱着圣诞颂歌。但只唱出第一句:

"上帝保佑您,快乐的先生。祝您万事如意!"

斯克鲁奇顺手抓起一把尺子,奋力扔了过去。年轻人吓得赶紧逃走,于是雾气重新占领了钥匙孔,凝结出与斯克鲁奇如出一辙的冰霜。

漫长的营业时间终于结束了。斯克鲁奇不情不愿地离开凳子,默认"水箱"里的办事员可以下班了这一事实。办事员立马吹灭了蜡烛,戴上了帽子。

"看样子你明天是准备休息一整天?"斯克鲁奇问。

"对,如果您觉得方便的话,先生。"

"一点儿也不方便,"斯克鲁奇说,"而且不公平。如果我为此扣掉你半个克朗的工钱,你肯定觉得吃亏了,对吧?"

办事员只能淡淡一笑。

"但是,"斯克鲁奇说,"我给你发工资,你却一整天不用上班。你不觉得我也吃亏了吗?"

办事员解释说一年也就这么一天而已。

"凭这个烂借口就可以每年十二月二十五日从别人兜里抢钱吗!"斯克鲁奇一边说一边把大衣的扣子扣上,"既然你一定要休这天假,那么后天早上你早点儿来上班。"

办事员承诺他一定能做到,斯克鲁奇一边抱怨一边走了出去。办公室的门一下子就关上了。办事员长长的白色围巾垂在腰间(他声称自己不需要穿大衣),他跟在一群男孩后面,从康希尔街的一个结了冰的斜坡上滑了下去,为了庆祝平安夜,他一共滑了二十次。之后他一口气跑

回位于卡姆登的家里，去参加捉迷藏游戏。

斯克鲁奇在他常去的那家阴郁的小酒馆里，阴郁地吃了一顿晚餐。读完了当天所有的报纸后，他把晚上余下的时间都消磨在他的银行存折上，然后准备回家睡觉了。他住的公寓以前是属于他已故的合伙人的。这套有几个房间的阴沉沉的公寓，在院子尽头一栋阴沉沉的楼里。这栋楼和周围环境一点儿也不搭，仿佛是它在幼年和其他小楼玩捉迷藏的时候不小心迷了路，被困在这里似的。现在这栋老旧的破楼只有斯克鲁奇一个住户，其他房间都作为办公室出租了。院子里伸手不见五指，就连对这里无比熟悉的斯克鲁奇，也只能摸索着前行。楼的进口处被浓雾和霜冻笼罩，仿佛天气之神坐在门槛上忧郁地沉思。

现在来说说门上的门环。其实这个门环除了非常大之外，没什么特别之处。实际上，斯克鲁奇住在这里的日子每天早出晚归都能看到它。当然，斯克鲁奇和所有伦敦人一样，没什么想象力——斗胆说一句，包括市法团、参事会、同业公会在内都一样。

请记住，自从上次提起他那七年前过世的合伙人以来，斯克鲁奇从来没有想起过马利。所以，谁能和我解释一下，为什么当斯克鲁奇把钥匙插在门锁上，在没有任何征兆的情况下，门环突然变成了马利的脸。

马利的脸。它不像院子里其他东西一样被笼罩在黑暗的阴影里，而是散发出惨淡而微弱的亮光，就像一只被遗忘在漆黑的地窖里慢慢腐烂的龙虾。那脸上的表情看起来既不气愤，也不恐怖，而是像以前马利看着斯克鲁奇的表情一样，而且它怪异的额头上还顶着一副怪异的眼镜。它的头发轻轻飘动，仿佛是因为呼吸或者热风带动的，眼睛虽然睁得大

大的，却纹丝不动。再加上那青灰色的面色，看上去十分可怕。然而这恐怖的样子，却不像是它故意做出来吓唬人的，而是天生自带的。

当斯克鲁奇目不转睛地盯着这怪象看时，它又变回了门环的模样。

要说他不吃惊，或者他没有感受到有生以来第一次渗透到血液里的恐惧，那是胡说。但他还是重新握住了钥匙，坚定地转动它，然后走进楼，点上了蜡烛。

关门之前，他犹豫了片刻，而且小心翼翼朝门后看了看，就像是有点儿担心马利的马尾辫会突然伸进楼门里。但门后除了固定门环的螺丝和螺母之外，什么也没有。于是，他说："呸！呸！"然后砰的一声摔上门。

这砰的一声像惊雷一样响彻整个楼房。楼上的每一个房间，楼下酒商酒窖里的每一只酒桶，似乎都纷纷发出了不同的回声。但回声可吓不到斯克鲁奇。他把楼门关紧，穿过门厅，走上了楼梯。他走得很慢，一边走一边修剪着手里的蜡烛芯。

你可以形容说一辆六匹马拉的马车能轻松驶过这个楼梯，或者穿过新出炉的拙劣的国会议案（的巨大漏洞）。但我想说的是，即使是一架

灵车横着,也能开上这个楼梯。这个楼梯太宽敞了,空间绰绰有余。或许正因为如此,斯克鲁奇仿佛看到幽暗中有一辆灵车在他前面开着。外面街上的五六盏煤气灯都无法照亮这个过道,所以只靠斯克鲁奇手里微弱的烛光,这里是相当暗的。

斯克鲁奇对此不屑一顾,继续往楼梯上走。黑暗不用花钱买,所以斯克鲁奇喜欢。但是他在关上那扇厚重的房门之前,去每个房间都检查了一遍,确保一切没有异常。回想起刚才看到的那张脸,他还是决定检查一遍才放心。

客厅、卧室、储藏间,一切正常。桌子下面、沙发底下都没有人。火盆里生着一小堆火,勺子和餐盆都放得好好的,一小锅燕麦粥放在壁炉架上(斯克鲁奇有点儿感冒)。床下面、柜子里面都没有人。他的睡袍挂在墙上,虽然看起来有点儿可疑,但也没人动过。储藏间里,旧炉栅、旧鞋子、两个鱼篓、三足洗手台,还有一根拨火棍,都和平日一样。

放下心来之后，他关上门，落了锁。不过，他一改往日习惯，上了两道锁。确保万无一失之后，他取下脖子上的领结，换上睡袍和拖鞋，戴上睡帽，坐在壁炉前开始喝燕麦粥。

炉火一点儿也不旺，在这个寒冷的冬天的夜晚根本不顶用。他不得不紧挨着壁炉，几乎俯身贴在炉火上面，才能稍微感受到那一点儿炭火带来的温暖。这个壁炉是很久以前某个荷兰商人建造的，到现在已经有些年头了。壁炉四周装饰着古香古色的荷兰瓷砖，上面的图画来自《圣经》故事。图画里有该隐、亚伯、法老的女儿们、示巴女王，有乘着云朵从天而降的天使、亚伯拉罕、伯沙撒，还有乘着黄油缸造型的船只出海的使徒们……有好几百个可以吸引他注意力的人物。然而，死去已经七年的马利的脸，却像先知的法杖一样，吞噬了整个世界。如果斯克鲁奇断断续续的思绪能在空白的瓷砖上作画的话，那么这里的每块瓷砖上，都会被画满马利的脸。

"骗人的东西！"斯克鲁奇说道。随后他起身走到房间对面。

在房间里来回踱了几圈之后，他又坐了下来。他仰头靠在椅子上，目光停留在一个废弃不用的铃铛上。这个铃铛悬挂在屋子里，早先是用来与楼顶的

一个房间联系的，但具体是派何用场现在已经没人知道了。斯克鲁奇心头莫名涌上一阵惊惧，然后他讶异地发现，这个铃铛居然开始晃动起来。刚开始只是轻轻地摇晃，几乎没有发出声音，但它发出的声音越来越大，并且带动房子里的其他铃铛一起响起来。

铃声大约持续了半分钟，也许是一分钟，但感觉像是一小时。接着，就像之前同时开始响一样，这些铃铛突然同时停了下来。接着传出一阵仿佛是发自地底深处的金属声，就像是有人在酒窖里拽动酒桶上沉重的铁链。斯克鲁奇这时记起来听人说过，鬼屋里的鬼魂就是拖着铁链的。

酒窖的门砰的一声打开了，然后他听见楼下那声音越来越大，开始爬上楼梯，径直朝他的门来了。

"骗人的玩意儿！"斯克鲁奇说，"我才不会被骗！"

但他的脸色却苍白起来。那东西毫无停顿地穿过厚重的门，进入了房间，来到他的面前。它一进门，壁炉里快要熄灭的火焰一下子蹿了起来，仿佛在呐喊着："我认识它！马利的鬼魂！"随后火光暗了下去。

还是那张脸，简直一模一样。马利扎着马尾辫，穿的还是那个背心、紧身裤和靴子，马利靴子上的流苏、马利的马尾辫、外套的下摆和头上的头发，都是翘起来的。马利拖着的那条铁链缠在腰间。那是一条很长的铁链，像尾巴一样缠在马利身上。因为斯克鲁奇能近距离观察，所以他发现这条铁链是由钱箱、钥匙、挂锁、账簿、契据，还有沉重的钢制钱包组成的。马利鬼魂的身体是透明的，斯克鲁奇可以透过鬼魂的背心看到外套背后的两颗扣子。

斯克鲁奇经常听人说，马利是个没心没肺的人，直到这一刻亲眼看见之前，他是压根儿不相信的。不，到现在他也不相信。

他朝着这个站在他面前的鬼魂看了又看，那双死气沉沉的眼睛让他不禁打了个寒战。他还注意到裹住鬼魂头部的围巾，是他之前从未见过的材质做的。但他依然不愿意相信，不愿意相信自己的感官。

"怎么啦？"斯克鲁奇问，保持着他一贯刻薄冷酷的语气，"你找我有什么事儿？"

"事儿可多了！"——这毫无疑问是马利的声音。

"你究竟是谁？"

"你应该问我曾经是谁。"

"那么，你曾经是谁？"斯克鲁奇提高音量问，"作为一个鬼魂，你遣词造句倒很精确。"他本来想说"你都是个鬼魂了用词还这么挑剔"，但开口的时候还是选择了更礼貌的说法。

"我活着的时候是你的合伙人，雅各布·马利。"

"你能不能——你能先坐下吗？"斯克鲁奇用怀疑的目光看着鬼魂。

"可以。"

"那请坐吧。"

斯克鲁奇之所以这么问，是因为不太确定一个透明的鬼魂是否能坐在椅子上，而且还担心万一鬼魂真的不能坐下来，可能还需要找一个尴尬的解释。但鬼魂在壁炉对面坐下了，一副习以为常的样子。

"你不相信我是真的。"鬼魂说。

"我的确不信。"斯克鲁奇回答。

"除了相信自己的感觉之外,你还需要什么证据来确认我的真实性呢?"

"我也不知道。"斯克鲁奇说。

"你为什么不相信自己的感觉?"

"因为,"斯克鲁奇说,"一点儿小事就能影响它。胃部消化功能有些轻微的紊乱就会产生错觉,把你当成一块难以消化的牛肉、一点儿芥末酱、一小片奶酪,甚至一块没煮熟的土豆。不管你是什么,你身上的肉腥味比坟墓味浓!"

斯克鲁奇从来就不是一个喜欢开玩笑的人,他内心也从来没觉得这是个适合抖机灵的时间。事实上,他是想表现得更精明一点儿,以便转移自己的注意力,抑制内心的恐惧,因为那个鬼魂的声音让他发自骨髓地不安。

就这么在沉默中坐着,盯着那双呆滞的眼睛,短短一会儿时间对斯克鲁奇来说已经是极大的折磨。鬼魂散发出的那种地狱般的阴森气息更是雪上加霜。虽然斯克鲁奇自己感觉不到,但这确是不争的事实。因为虽然那鬼魂坐着一动不动,但它的头发、衣摆和流苏仍然好像是被壁炉的热气吹动似的,不停飘动着。

"你看见这根牙签了吗?"因为刚才提到的原因,斯克鲁奇很快又发起了攻势,希望鬼魂那冷酷的眼神能暂时离开他。

"看见了。"鬼魂说。

"你根本没朝那里看!"斯克鲁奇说。

"尽管如此,"鬼魂说,"我仍然看得到。"

"好吧!"斯克鲁奇说,"我只能忍气吞声,然后后半辈子一直被我自己制造的一大群妖精们缠住了!我告诉你,骗人的东西,这都是骗人的东西!"

听到这话,鬼魂发出了一声恐怖的呐喊,而且还晃动着它的铁链发出凄厉骇人的巨响,吓得斯克鲁奇死死抓住身下的椅子,生怕自己昏过去。但更恐怖的还在后头,鬼魂仿佛觉得屋里太热了,它把头上缠着的头巾取了下来,结果它的下巴直接掉到了胸口上!

斯克鲁奇吓得直接跪倒在地上,双手紧紧地遮住脸。

"饶了我吧!"他说,"令人畏惧的鬼魂啊,为什么你偏偏要找上我?"

"世俗的凡人啊,"鬼魂回答说,"你现在相信我了吗?"

"我信!"斯克鲁奇说,"我不得不信!但是,鬼魂为何要在世间游荡?为何要来找上我?"

"世间所有凡人的灵魂,"鬼魂回答说,"都必须在同类间行走,游历四方。如果生前没能做到,那么死后就要被惩罚去完成。它注定要在世间游荡。唉,我真是命苦啊——亲眼见证那些本来可以在世间通过分享而获得的幸福,但现在只能眼睁睁看着却无能为力了。"

鬼魂再一次发出嚎叫,晃动着铁链,扭动着自己影影绰绰的双手。

"你被束缚住了，"斯克鲁奇用颤抖的声音说，"这是为什么呢？"

"这是我生前锻造的枷锁，"鬼魂回答说，"我自愿一环接一环、一码又一码地把它锻造出来，而且自愿被它束缚住。它的款式你眼熟吗？"

斯克鲁奇颤抖得更厉害了。

"你想不想知道，你身上那条铁链有多长多重呢？"鬼魂继续问道，"七年前那个圣诞夜，它就已经和这条铁链一样长、一样重了。从那之后你还在不断往上加码，它现在可是奇重无比啦！"

斯克鲁奇看了看自己周围的地面，本以为会发现自己被一百多米长的铁链缠绕着，但他什么也没看见。

"雅各布，"他说，"老伙计雅各布·马利，和我多说两句吧。你安慰安慰我吧，雅各布啊！"

"我可没办法给你安慰啊，"鬼魂回答说，"埃比尼泽·斯克鲁奇，安慰只能来自其他地方，由其他使者传递给别的人。我想说的话也不能告诉你，我能做的就这么多了。我不能休息，无法停留，在哪儿都无法逗留。请仔细听我说——我的灵魂从来没有走出过我们的账房，我死去之前，它从来没有跨出过那个收钱的小窗口，所以，现在我必须经历无比折磨的漫漫征途。

斯克鲁奇有个习惯，每当他思考问题的时候，就会把手插进裤兜里。

思考着鬼魂说的话，他不自觉就这么做了，但他眼睛都没有抬起来，继续保持着跪姿。

"那你一定走得很慢吧，雅各布。"斯克鲁奇用一副公事公办但也饱含谦虚和尊重的语气说。

"慢？"鬼魂重复道。

"你死去这七年，一直在跋涉？"斯克鲁奇若有所思地说。

"没日没夜，"鬼魂说，"没有休憩，没有安息。只有持续不断的悔恨和折磨。"

"你走得很快吗？"斯克鲁奇问。

"腾云驾雾的速度。"鬼魂说。

"那你这七年一定去了不少地方吧。"斯克鲁奇说。

听到这句话，鬼魂再次发出哀嚎，并且晃动着铁链，在死一般沉寂的夜里发出巨响。如果治安官在的话，判它一个扰民的罪名也不为过。

"唉！被俘虏、被重重枷锁束缚住的我啊，"鬼魂哭诉道，"之前不懂得那些不朽的人物千百年来为世间付出的努力，在这些能被感受到的善良发展完全之前，这个世界就会彻底消失在轮回中。我竟然不知道，基督教的信徒们，在自己的小天地里——无论是个什么样的环境——也努力行善，却最终发现人世间的时间太过短暂，无法发挥所有的作用。而且，世间没有后悔药，今生的缺憾无论如何也是无法弥补的。而我就是这样啊！我就是这样！"

"但是雅各布，你一直是个成功的生意人啊。"斯克鲁奇结结巴巴地说，现在他开始把这个评价用在自己身上了。

"生意！"鬼魂一边搓手一边喊道，"人类才是我的正事儿！普世福祉才是我的正事儿！慈善、怜悯、宽容、仁慈，这些才是我的正事儿。生意只是沧海一粟而已。"

它伸直手臂，举起铁链，仿佛它一切徒劳无益的悲伤都是来源于此，然后重重地把铁链摔到地上。

"年复一年，每到这个时候我就特别痛苦，"鬼魂说，"为什么我低头穿过人群，却从未抬头仰望那颗为智者引导通往贫民窟方向的祝福之星！难道它就不能引导我去找附近的贫苦之家吗？"

斯克鲁奇听到鬼魂不断说这些话，心里越来越惶恐，不由得发起抖来。

"好好听着！"鬼魂大喊，"我的时间不多了。"

"我会的，"斯克鲁奇说，"但不要为难我！不要说些好听的空话，雅各布！求求你了！"

"我也不知道为什么这次能以你看得见的形态出现，其实我已经在你身边很长时间了，但是你看不见我。"

这话让人一想就浑身不自在。斯克鲁奇瑟瑟发抖，他擦掉了额头的冷汗。

"我受到的惩罚里面可没有轻松的，"鬼魂继续说，"我今天晚上是来警告你的，你还有一丝希望可以避免重蹈我的覆辙。这是我为你争取来的机会和希望啊，埃比尼泽！"

"你一直是我的好朋友，"斯克鲁奇说，"谢谢你！"

"接下来会有三个幽灵来拜访你。"鬼魂说。

斯克鲁奇的脸色一下子沉了下去，跟鬼魂的脸色差不多了。

"这就是你提到的机会和希望吗？"他用颤抖的声音问。

"对。"

"那……那我宁可不要了。"斯克鲁奇说。

"如果它们不来找你，"鬼魂说，"你就没法避免重蹈我的覆辙。明天钟敲响一点的时候，第一个幽灵就会出现。"

"它们三个为什么不能一起来呢，这样可以省点事儿。对吧，雅各布？"斯克鲁奇暗示道。

"第二个幽灵会在后天晚上同一时间上门。大后天晚上十二点敲钟的最后一声停止之后，第三个幽灵会出现。你不会再见到我了。为了你自己，好好准备吧，记住我刚才说的话。"

说完这些，鬼魂从桌上拿起头巾，像之前一样把它绑在头上。听到鬼魂的牙齿碰撞发出的咔嗒声，斯克鲁奇知道鬼魂用头巾把下巴绑回了原位。他鼓起勇气再次抬起眼睛，发现这个"鬼客"直起身子站在他面前，手臂上缠绕着铁链。

鬼魂倒退着往外走，每走一步，窗户就会开启一点儿，当它退到窗口的时候，窗户已经完全打开了。

它示意斯克鲁奇靠近，他照办了。当他俩距离不到两步的时候，马利的鬼魂举起手让他不要再往前了。斯克鲁奇停下了脚步。

他这么做倒不是因为对鬼魂的顺服，而是缘于内心的惊恐。鬼魂一举起手，他就感觉到空气中出现来源不明的声音，像是时断时续的唉声叹气，又像是带着难以言表的悲伤和自责的哀嚎。听了一会儿后，鬼魂转身投入凄凉的黑夜，加入这哀伤的挽歌之中。

斯克鲁奇被好奇心驱使，紧跟着来到窗边往外望。

外面到处都飘着鬼魂，它们焦躁不安、四处游荡，还一路发出呻吟

声。和马利的鬼魂一样,它们身上都捆着铁链,有几个还是绑在一起的(它们可能是犯罪的政府官员),总之没有一个是自由的。其中很多都是生前认识斯克鲁奇的。其中一个老年鬼魂死前和斯克鲁奇很熟,它穿着白色马甲,脚踝上拴着一个巨大的铁质保险箱。它正因为无法帮助一个抱着婴儿坐在下方台阶上的可怜妇女而哀嚎。很明显,这些鬼魂的悲惨,源于它们想要帮助人却无能为力。

究竟这些生物是自己消失在迷雾中,还是被迷雾所吞没,斯克鲁奇就不得而知了。但鬼魂们和它们的声音都消失了。漆黑的夜晚又变回了斯克鲁奇回家时候的样子。

斯克鲁奇关上窗,仔细检查了鬼魂进来的那扇门。门上了双重锁,还是他亲手锁上的，门闩也没有被动过的痕迹。斯克鲁奇想骂一声"骗人的玩意儿"，却一开口就停了下来。由于刚才经历的情绪波动，或是因为白天的操劳，或是因为他瞥到一眼那个冥冥的世界，或是因为与鬼魂无聊的对话，又或是因为时间真的很晚了，他急需休息。他径直走到床边，连衣服都没脱，倒头就睡着了。

第 2 章

第一个幽灵

斯克鲁奇醒过来的时候，周遭一片漆黑，他甚至分不清哪里是透明的玻璃窗，哪里是不透明的墙壁。他努力睁大雪貂般的眼睛，希望能看得清楚些。这时候附近教堂的钟声响起来，是整点的钟声。他仔细听着报时。

让他大吃一惊的是，钟敲了六下、七下、八下……持续敲了十二下，然后就停止了。十二点！他上床睡觉的时候明明已经凌晨两点多了。这钟一定是坏了。大概是有冰锥掉到钟里面去了。十二点?!

他按下打簧表的按钮，想看看那荒谬的大钟到底错得多离谱。打簧表响了十二下，然后停止了。

"怎么回事，这不可能啊！"斯克鲁奇说，"难道我睡了整整一天，现在已经是第二个晚上了？太阳也不会出问题啊，现在不可能是中午十二点吧！"

被这个想法吓到后，他从床上爬起来，摸索着走到窗户前。他只能用睡衣袖子把窗户上凝结的霜抹掉，才能看到外面，但其实也看不到什么东西。他只能确定外面仍然是浓雾弥漫、寒冷彻骨，街上没有人来人往的喧哗声。如果黑夜战胜了明亮的白昼，统治了整个世界的话，外面的反应不会像现在这样。斯克鲁奇大大地松了一口气，因为如果无法计算日期，那么"见此第一联汇票三日后付款给埃比尼泽·斯克鲁奇先生或其代表"这类的票据，就会沦落得和美国政府债券一样一文不值了。

斯克鲁奇回到床上，翻来覆去想了又想，却仍然理不出头绪。他越想越困惑，越是控制自己不要去想，越是想得更多。马利的鬼魂让他非常困扰。每当他深思熟虑决定把这当作一场梦境，他的思绪就会像重压之后又被释放的强力弹簧,回到最初的起点,然后同样的问题再度浮现在眼前等他解决:"这真的只是一场梦吗?"

斯克鲁奇就这么一直躺着,直到大钟敲了十二点三刻的点儿。这时他突然记起,鬼魂警告过他大钟敲响一点的时候会有访客。于是他决定醒着躺到一点钟,反正现在他要入睡比上天堂还难,所以保持清醒应该是他现在最明智的选择。

最后这一刻钟实在太漫长了,他不止一次相信自己一定无意识地打了瞌睡,错过了钟声。他支起耳朵仔细听着,终于听到大钟敲响的声音。

叮,咚!

"一刻钟。"斯克鲁奇在数着。

叮,咚!

"半点。"斯克鲁奇说。

叮,咚!

"还差一刻。"斯克鲁奇说。

叮,咚!

"到整点了,"斯克鲁奇得意地宣布,"什么事儿也没发生!"

他说这话的时候,整点的钟声还没有响起。现在,一点钟的整点钟声响了,声音低沉而阴郁,空洞又凄凉。就在这一瞬间,房间里突然闪过一道亮光,床上的帷帐被拉开了。

我可以肯定地说,他床上的帷帐是被一只手拉开的。不是他脚边的帷帐,也不是他背后的,而是他正对面的帷帐。帷帐被拉到一边,斯克鲁奇撑起半个身子,发现自己与那个拉开他帷帐的阴间访客正好面对面。就像我和你现在的距离一样近，要知道我的灵魂现在就站在你手肘边上呢。

这个访客长得很奇怪——外表像个小孩；但是说像孩子吧，其实又更像个老头。透过某种超自然的介质看过去，它的外观看起来好像渐渐缩水，被缩成了小孩的尺寸。它的头发散在脑后，一直垂到后背，仿佛因为苍老而变成了白色。但它脸上却没有一条皱纹，皮肤也像花朵一样娇嫩。它手臂很长，肌肉发达，双手也是这样，仿佛拥有非人的力量。它的双腿和双脚纤细精致，和双臂双手一样裸露着。它穿着一件纯白的衣服，腰间围着一条闪闪发光的腰带，色泽非常漂亮。它手里拿着一支新鲜翠绿的冬青树枝，和这象征寒冬的冬青对比强烈的是，它的衣服上装饰着盛夏的花朵。最奇怪的是，它头顶射出一道明亮的光柱，照得周遭的一切清晰可见。毫无疑问，当需要让这光暗下去的时候，它会把一个灭光器当帽子戴在头上。现在这东西正被它夹在腋下。

然而当斯克鲁奇越来越专注地盯着它看时，才发现这还不是最奇怪的地方。它的腰带在不停闪烁，一会儿这边亮了，一会儿那边亮了，而它的身体也随之时隐时现：一会儿只看见一条胳膊，一会儿只见一条腿，一会儿是二十条腿，一会儿又看见没有头的两条腿，一会儿只见头不见身体。那些隐去不见的部分，都消失在黑暗中，不见轮廓。正当人惊奇不已的时候，它又恢复了原形，和刚出现时一样清晰可见。

"先生，有人告知我会有幽灵来访，就是你吗？"斯克鲁奇问。

"就是我。"

这声音又轻又温柔。但仿佛不是近在身边，而是从远方传来的一

样，非常低沉。

"你是谁？你到底是什么？"斯克鲁奇问道。

"过去的圣诞节幽灵。"

"是指很久以前吗？"斯克鲁奇追问，同时他注意到对方是个小矮个。

"不，是你的过去。"

如果有人问起的话，斯克鲁奇也说不出具体原因，但是他内心涌起一个强烈的欲望，就是特别想看到这个幽灵戴上帽子。于是，他开口央求它把帽子戴上。

"放肆！"幽灵喊道，"你休想用你那俗不可耐的双手熄灭我带来的光芒！你和那些冲动地给我做了这顶帽子的人是一路货色！这么多年来，你们强迫我一直把它戴在头上，难道这样还不够吗？"

斯克鲁奇恭敬地表示自己没有任何冒犯的意思，还说自己从来没有蓄意给幽灵戴帽子。接着，他鼓起勇气问幽灵来这儿有何贵干。

"当然是为了你好！"幽灵说。

斯克鲁奇表示自己非常感激，但却禁不住想，要真想为他好的话，让他好好睡上一个整觉就行。幽灵一定是听到了他内心的声音，立刻说：

"为了你能洗心革面。小心点！"

它一边说着，一边用它强有力的手轻轻抓住了斯克鲁奇的胳膊。

"起来，跟我出去走走。"

斯克鲁奇哀求说外面的天气和现在这个时间不适合户外步行，床铺很暖和，温度计显示外面零下好几度，他现在穿着单薄的拖鞋、睡衣和睡帽，而且前不久他刚感冒了，但这些都是白费口舌。幽灵的手虽然像女人的手一样轻柔，但却让他无法抗拒。他站起身，发现幽灵朝着窗户走去，他吓得抓紧它的袍子央求起来。

"我是个凡人，"斯克鲁奇说，"我会摔下去的。"

"只要我用手碰一下这儿，"幽灵一边说一边把手放在他胸口，"你就不会掉下去了。"

话音未落，他们就穿过了墙壁，站在一条视野开阔的乡间小道上，两边都是田地。城市完全消失了，一点儿影子都看不见。黑暗和浓雾也不知所踪。现在是个晴朗而寒冷的日子，地面铺满了积雪。

"天哪！"斯克鲁奇紧握双手望着四周，"这是我长大的地方！我小时候就住在这儿！"

幽灵温和地盯着他看。虽然它的手刚才只是轻轻地碰了他一下，但这老头儿却仿佛仍然能感受到。他觉察到空气中的上千种气味，每一种都让他思绪万千，想起了遗忘已久的希望、愉悦和关心。

"你的嘴唇在发抖，你脸上有什么东西？"幽灵问。

斯克鲁奇低声说，那只是一颗粉刺，但他声音中却带着不寻常的情绪。接着，他恳求幽灵把他带到他想去的地方。

"你还认得路吗？"幽灵问。

"当然！"斯克鲁奇激动地喊道，"我闭着眼睛都认识！"

"那你这么多年也没想起这儿，也挺奇怪的。"幽灵说，"我们走吧。"

他俩沿着路往前走，斯克鲁奇清楚地记得每一扇门、每根柱子、每一棵树。直到远处出现一个小镇，镇上有桥、有教堂，还有一条穿过小镇的小河。一群小男孩骑在毛茸茸的小马背上，朝他们小跑着奔来，还

一路招呼着坐在农夫驾驶的双轮马车和货车里的其他男孩。男孩们都兴高采烈、欢呼雀跃,田野间弥漫着快乐的乐声,连清新的空气仿佛都放声欢笑起来。

"这只是过去的影子而已,"幽灵说,"他们感受不到我们的存在。"

这群兴致勃勃的游人过来了,他们越走越近,斯克鲁奇认出了所有的人,而且能叫出每一个人的名字。为什么一见到他们,斯克鲁奇就欣喜若狂?为什么他冷酷的双眼透出兴奋的光芒,心跳也兴奋得加速?为什么他们在路口分别前互道圣诞快乐的时候,斯克鲁奇内心洋溢着喜悦?对他来讲,到底什么才是快乐的圣诞节?别提什么圣诞快乐了!圣诞节对他有什么好处?

"学校里还有人,"幽灵说,"还有一个孤独的孩子留在学校,被他的朋友们忘记了。"

斯克鲁奇说,他知道。然后,他开始抽泣。

他们离开大路,沿着一条熟悉的小巷,很快来到了一座暗红色砖砌成的大宅面前。大宅的圆顶上有一个风向标，圆顶里面挂着一个铃铛。这是栋大房子，房主已经家道中落。宽敞的办公室几乎已经废弃，潮湿的墙壁长满了青苔，窗户都破了，房门也腐坏了。几只鸡在马厩里咯咯嗒地叫着，昂首阔步地到处晃悠。马车房和牲口棚里已经杂草丛生。房子内部也早就失去了旧日风采。一走进阴沉的大厅，透过敞开的房门望一眼，你就会发现那些房间都陈设简陋，里面冷冰冰、空荡荡的。空气中弥漫着一股土腥味，让这地方透出一股寒冷荒凉的气息，使人联想起那些经常点着蜡烛早起，却食不果腹的日子。

幽灵和斯克鲁奇一起穿过大厅，来到房子后面的一扇房门前。那扇门在他们面前打开了，露出一个空荡荡、阴沉沉的长条形房间。房间里面是几排没刷过油漆的松木长凳和桌子,让这屋子看起来更简陋了。房间里有个孤单的小男孩,坐在微弱的炉火边看书。斯克鲁奇走过去坐在长凳上,看到自己小时候那可怜巴巴被遗忘的样子,不禁潸然泪下。

房子里任何细微的回声、护墙板后面老鼠的吱吱声和打闹声、冷清的后院里面半冻上的出水口的滴水声,或是光秃秃的枯萎白杨树枝条间的叹息声、空空的储藏室门无聊时发出的吱呀声,甚至炉火的噼啪声,无不带着柔软的力量落在斯克鲁奇的心头,让他的眼泪止不住地流淌。

幽灵碰了碰他的胳膊,让他去看那个正在认真读书的年轻的自己。突然一个身穿异国服饰的男人出现了,这人看上去清晰而真实:他站在窗外,腰间别着一把斧头,手里牵着一匹驮着木头的驴子。

"啊!那是阿里巴巴!"斯克鲁奇惊喜地大喊,"那就是我那诚实的老伙计阿里巴巴呀!对,对,我想起来了!有一年圣诞节,那个孤单的小孩被独自留在这里,阿里巴巴就来了。那是他第一次来,穿的就是这

身衣服。可怜的孩子!还有瓦伦丁,"斯克鲁奇说,"还有他的野蛮兄弟奥森,对,就是他俩。还有谁来着,就是那个穿着裤衩在睡梦中被人抬到大马士革城门口的人,你看见他了吗?还有苏丹的马夫,魔鬼让他倒立,头朝下,脚朝上。真是活该!我看到这儿就开心了,他凭什么娶公主啊!"

要是斯克鲁奇在城里的生意伙伴们看到他这样激情澎湃地讨论这些事,激动得声音都变了,还一会儿哭、一会儿笑,肯定都会惊掉下巴的。

"那只鹦鹉!"斯克鲁奇叫道,"身体是绿色的,尾巴是黄色的,头上顶着一颗生菜似的毛!就是它呀!'可怜的鲁滨孙·克鲁索啊',当他环岛航行后回到家,这只鹦鹉就是这么叫他的。'可怜的鲁滨孙·克鲁索啊,你到底去哪儿了,鲁滨孙·克鲁索?'鲁滨孙本以为自己在做梦,但那不是梦。你知道的,那只鹦鹉的确在说话。'星期五'来了,他正朝着小溪狂奔逃命。嗨呀！嘿呀！嗨呀！"

接着，斯克鲁奇突然像变了一个人似的，开始可怜起从前的自己，哭着说："可怜的孩子啊！"然后又大哭起来。

"我希望……"斯克鲁奇用袖口擦干眼泪，环顾四周后，把手放进了口袋里，然后低声说，"但现在为时已晚。"

"怎么了？"幽灵问。

"没什么，"斯克鲁奇说，"没什么。昨天晚上有一个男孩在我家门口唱圣诞颂歌。我应该给他点儿什么的。仅此而已。"

幽灵若有所思地笑了，然后挥一挥手："让我们再看看另一个圣诞节吧。"

话音未落，少年斯克鲁奇就长大了，房间则变得暗了一些、脏了一些。护墙板缩短了，窗户也裂开了。天花板上的石膏碎片掉了，露出了里面的板条。但这一切究竟是怎么变化的，斯克鲁奇和你一样一无所知。他只知道，这的确是过去发生过的，是真实的。他又一个人孤独地留在那儿，因为其他男孩都回家去过愉快的假期了。

这次他没有看书，而是绝望地走来走去。斯克鲁奇抬头看了看幽灵，悲哀地摇摇头，又转头焦急地看向门口。

门终于打开了，一个比男孩年龄还小很多的女孩冲了进来，张开双臂搂住男孩的脖子，然后不停地亲吻他，叫他"最最亲爱的哥哥"。

"我来接你回家啦，亲爱的哥哥。"小女孩拍着小小的手，弯着腰大笑着说，"接你回家，回家啰！回家啰！"

"回家吗？小凡？"男孩问。

"是的！"小女孩满心欢喜地说，"回家啰，再也不用回来了。回家，永远也不离开。爸爸比以前和善多了，现在家里就像天堂一样！有一天晚上，我上床睡觉的时候他对我特别温柔，所以我鼓起勇气问他能不能让你回家。他说你是应该回家了，还派了马车送我来接你。你已经要长大成人了！"小女孩张大眼睛说，"你再也不用回这里来了。不过，我们首先要一起度过整个圣诞假期，一起度过这世界上最美好的时光。"

"你现在是个大姑娘啦，小凡！"男孩赞叹道。

她拍着手笑起来，想去摸他的头，但因为太矮了没摸到，所以笑得更厉害了，然后踮起脚来拥抱他。接着，她带着孩子气的迫不及待，拉着他朝门口走去，而男孩则毫不拒绝地跟着她走了。

这时大厅里传出一个可怕的声音，喊着："把斯克鲁奇少爷的箱子搬下来！"同时，校长也出现在大厅，凶神恶煞地盯着斯克鲁奇少爷，还和他握了握手，吓得男孩战战兢兢。接着，校长把兄妹俩领到一间像古井一样冰冷彻骨的会客厅里，那里墙上的地图和窗前摆的天体仪、地球仪都冻得像打了一层蜡一样。校长拿出一瓶味道寡淡的酒和一块腻人的蛋糕，把这些美味分给两个孩子吃。同时，他又嘱咐一个干瘦的仆人去给马车夫送点喝的，马车夫对这位绅士表示了感谢，但却说如果这杯东西和之前的一样的话，他还是不喝了。斯克鲁奇少爷的行李箱已经被捆在马车顶上了，孩子们迫不及待地和校长告别，钻进马车，沿着花园的斜坡疾驰而去了。车轮疾驰而过的时候，令路旁常青树深色叶片上的雪花在空中飞舞起来。

"她一直那么弱不禁风，仿佛吹一口气就能让她凋谢，"幽灵说，"但她有一颗伟大的心。"

"的确如此，"斯克鲁奇喊道，"幽灵，你说得对！我不会反对。上帝可以证明！"

"她过世的时候已经嫁人了，"幽灵说，"我记得，她有孩子。"

"她有一个小孩。"斯克鲁奇回答。

"对，"幽灵说，"你外甥。"

斯克鲁奇心头好像有点儿不安，简短地说："对。"

刚刚离开学校，他们又立马到了城里繁华的大街上，路人像影子一般来来往往，马车和货车争先恐后地疾驰，一派城市里的热闹喧嚣景象。从店铺的装饰可以明显地看出，这又是圣诞节了。现在是傍晚，街上的灯光已经点亮。

幽灵停在一个商铺门口，问斯克鲁奇是不是还记得。

"当然记得！"斯克鲁奇说，"我不是在这儿当过学徒吗？"

他们走了进去。一位戴着威尔士假发帽的老绅士正坐在一个很高的柜台后面，要是他再高一点儿，头就要碰到天花板了。斯克鲁奇兴奋得叫出来：

"哎呀！是老菲兹维格！上帝保佑他！菲兹维格复活啦！"

老菲兹维格放下笔，抬头看了看时钟，现在刚好七点钟。他搓了搓手，整理了一下宽松的马甲。他整个人从头到脚、从内到外都是乐呵呵的，用亲切、浑厚而愉快的声音喊道：

"哟呵！是谁来啦！埃比尼泽！迪克！"

斯克鲁奇看到年轻的自己——这时已经是个青年小伙子了——和他的同伴愉快地走进来。

"迪克·威尔金斯，就是他！"斯克鲁奇对幽灵说，"天哪！是的，就是他！是迪克啊，他当时和我很要好。可怜的迪克！"

"哟呵！我的孩子们！"菲兹维格说，"今天晚上别工作了。是平安夜啊，迪克！圣诞节到了啊，埃比尼泽！我们把橱窗挡上打烊吧！"老菲兹维格拍着手喊道，"赶紧动起来！"

你根本想象不到这两个小伙子有多迅速。他们扛起橱窗挡板就冲到店门外，一、二、三——把挡板放好；四、五、六——把挡板闩住，插上插销；七、八、九——往回冲！你还没有数到十二，他们就已经像气喘吁吁的赛马一样跑回来了。

"嘿嗬！"老菲兹维格从高高的柜台上灵活地跳下，"收拾一下，小伙子们，让我们腾出点空间来！嘿嗬！迪克！赶快！埃比尼泽！"

打扫干净！在老菲兹维格的注视下，没有什么是清理不掉、收拾不干净的。电光石火之间，房间已经收拾好了。所有能移动的东西都搬走了，就好像是已经永久退出了公众视野；地板已经扫干净，也洒过水了；灯芯已经修剪好；炉子里添加了燃料。整个商铺就像冬夜里人们最期望看到的舒适、温暖、干燥且明亮的大舞厅。

一位小提琴手走进来，带着他的乐谱直奔高高的柜台，把它变成了一个演奏的舞台。他开始调音，那声音就像五十个肚子痛的人在同时呻吟。菲兹维格太太也进来了，露出一个大大的笑容。菲兹维格的三个女儿进来了，笑容可掬，可爱极了。六个为她们而心碎的小伙子进来了。这家商铺所有的年轻男女员工都进来了。女管家和她那当面包师的表兄也进来了。厨娘和她兄弟的好朋友牛奶工一起进来了。街对面的男孩也进来了，大家总是怀疑他的东家克扣他的口粮，他想藏在隔壁女孩的身后，而那女孩，一看就知道被女主人揪了耳朵。他们一个接一个地走进来。有些人害羞，有些人大胆；有些人举止优雅，有些人动作笨拙；有些人在推，有些人在拉。总之，大家都来了。他们分成二十对跳舞，手拉手转半圈后再转回来，跳到中央后再返回原位，变换各种队形组合雀跃地绕来绕去。原先领头的一对舞伴老是走错位置，于是新的一对顶替上去重新开始。到最后，每一对舞伴都领过舞，没人再接班了。这时，老菲兹维格拍手叫大家停下来，并且大喊："跳得好！"小提琴手则埋头痛饮一大杯波特酒，这可是特地为他备下的饮品。不过，小提琴手可没打算歇着，虽然没人跳舞了，他还是立马又开始演奏，这劲头就像是前一个小提琴手因为精疲力竭刚被用担架抬回家，现在换上新人决心把前任比下去，否则誓不罢休。

接着又是跳舞、罚物游戏、继续跳舞。蛋糕、尼格斯酒、大盘的冷切烤肉、大份水煮肉冷盘、肉馅饼和啤酒接连不断地端上来。在烤肉和水煮肉端上来之后，小提琴手奏起了《罗杰·德·科弗利爵士》舞曲，这个夜晚的高潮才真正来临了。这位小提琴手可真是人精，完全不需要你我指点他，就知道应该做什么。老菲兹维格站出来和太太一起跳舞，他们是领舞，这可不是容易的工作，因为后面有二十三四对舞伴跟着他们，而这些人可不好糊弄，都是些嗜舞如命的人。

如果跟着的舞伴有现在的两倍那么多——噢，四倍——那么才能勉强成为老菲兹维格夫妇的对手。菲兹维格太太在各方面都与她的丈夫旗鼓相当。如果这个评价还不算高，那么告诉我更好的说法，我会用在她身上的。菲兹维格的小腿仿佛散发着光芒，每一个舞步都像月亮一样光芒四射。而且，无论何时，你都无法预测这对小腿的下一个动作。当老菲兹维格和太太跳完这支舞时，大家牵着自己舞伴的手，往前一步再退后，鞠躬致敬，来一个"螺旋舞步"，再来一个"穿针引线舞步"，最后回到原来的位置上。菲兹维格一跃而起，像眨眼睛一样轻松地在空中敏捷地踢了一下腿，然后稳稳地双脚落地，一晃不晃。

十一点的钟声宣告这场家庭舞会迎来了尾声。菲兹维格夫妇在门口一边站一个，与每位客人握手告别，并送上圣诞祝福。所有人都离开之后，只剩下了两位学徒，夫妇俩也向他们送上相同的祝福。欢声笑语逐渐平息，两个小伙子也回到商铺后柜台下面的床上，睡觉休息了。

整个过程中，斯克鲁奇就像丢了魂一样。他的整个心灵都投入其中，和年轻的自己在一起。他证实了发生的一切，回忆起了所有事情，

而且乐在其中，感到十分激动。直到现在，当他看到年轻的自己与迪克那容光焕发的脸转到另一边，才想起身边的幽灵，发现它正目不转睛地看着他，而它头顶的光芒清晰而耀眼。

"芝麻大的小事，"幽灵说，"就让这些傻瓜满心感激。"

"小事？！"斯克鲁奇喊道。

幽灵示意他去听听两个学徒对菲兹维格那发自内心的赞美之词。他听完之后，幽灵接着说：

"怎么？难道不是吗？他不过是花了一些你们那种世俗的钱，三四英镑吧。这事值得被这么赞美吗？"

"不是那样的，"斯克鲁奇被幽灵的话激怒了，无意识间说话的语气像是年轻时的他，而非现在的他，"不是那样的，幽灵。他决定了我们是快乐或是忧愁，决定了我们的工作是轻松还是繁忙、是享受还是折磨。他的一言一行虽然都是些无关紧要的事，但却带给我们很多幸福，是价值连城的。"

他意识到幽灵正在盯着他，于是住了嘴。

"怎么了？"幽灵问。

"没什么。"斯克鲁奇说。

"我觉得，有什么事儿吧？"幽灵追问。

"没有，"斯克鲁奇说，"没什么。我刚才应该对我的办事员说点什么的。就这事儿。"

年轻的斯克鲁奇一边低声许愿，一边调暗了灯光。斯克鲁奇和幽灵又一次肩并肩站在了外面。

"我剩下的时间不多了,"幽灵说,"快点儿!"

这话倒不是冲着斯克鲁奇或者其他人说的,但是却立马起了效果。斯克鲁奇再次看见了过去的自己,这次他又长大了一些,已经是个壮年男子了。他的脸上还没有爬上那些刻板僵硬的皱纹,但已经露出了计较和贪婪的迹象。他的眼睛里透出一种急切、贪婪和躁动,这些念头已经扎根在他内心,将要长成一棵枝繁叶茂的大树。

他并不是孤身一人,身边还坐着一位身穿丧服的年轻漂亮的姑娘。她眼中饱含着泪水,在幽灵头顶光芒的照耀下,泪水晶莹透亮。

"那不重要,"姑娘轻声说,"对你来说不算什么。你内心的新偶像已经取代了我的位置,如果它能在以后的日子里让你快乐、给你安慰,就像我希望自己能做到的一样,那么我就没有理由难过了。"

"哪个偶像取代了你?"他问道。

"一个金子做的偶像。"

"这就是这个世界的公平之处!"他说,"没有比贫穷更艰难的事情,但若追求财富,也会遭到最严厉的谴责!"

"你过于畏惧这个世界了,"她温柔地说,"你把你心中所有的愿望,都汇聚成了一个愿望,就是不被世人恶语相向。我眼睁睁地看着你把那些高尚的愿望一个个放弃,只剩下贪婪和欲望成为你唯一的梦想。我说得不对吗?"

"那又怎么样呢?"他回答,"就算我现在更加明智了,又如何呢?我对你的感情从来没有改变啊。"

她摇了摇头。

"难道不是吗？"

"我俩定下婚约已经很长时间了。当初我们一贫如洗，却满足于拥有的一切，我们只盼靠自己的耐心和努力，有一天能改善家境。但是你变了。你已经不再是我们定下婚约时的那个你了。"

"我那时还是个孩子呢！"他不耐烦地说。

"你自己应该能感受到，你已经不是当年的你了。"她回答说，"我却还是没变。我们心意合一的时候所寄望的幸福，现在已经成了我们不再同心的痛苦根源。我经常会想到这点，而且为此无比痛苦，但我不愿意再提起。我能想到就足够了，足以放你自由离开了。"

"我提出过要解除婚约吗？"

"没有，你从来没有口头上说出来过。"

"那是怎样？"

"通过你性格的改变、你心情的改变、你整个生活气息的改变。你有了新的人生追求。你曾经珍视的我的爱，现在在你眼中一文不值了。"女孩温柔但坚定地说，"告诉我，你现在还会追求我，赢得我的心吗？唉，你不会了。"

他似乎不得不承认这个事实，但还是辩解道："是你觉得我不会而已。"

"可能的话，我倒情愿不这么想，"她说，"天知道！当我意识到这个真相时，我就知道它有多么强大、多么无法反抗。但是你想想，如果你现在，或者明天，或者昨天，是一个没有婚约的人，那么，你会选择一个没有嫁妆的女孩吗？而你，即使在与她心灵相通的时候，也是把'盈利'作为衡量一切的标准。如果你在一瞬间失误，放弃你的主要原则而选择她，难道我不知道，你之后必定会后悔懊恼吗？因为我知道，所以我愿意解除婚约，真心诚意的，看在我们曾经拥有爱情的分儿上。"

他本来想说点什么，但姑娘把头转开了，继续说道：

"你也许会感到痛苦——过去的回忆让我对此还抱有一丝希望。在很短很短的时间之后，你就会愉快地忘记这一切，毕竟这只是一场无法为你带来收益的梦而已，而你会庆幸自己及时醒过来。希望你能愉快地度过你选择的人生。"

她离开了，他俩分手了。

"幽灵！"斯克鲁奇说，"不要再让我看了！送我回家吧。你为什么热衷于折磨我呢？"

"再看最后一个！"幽灵大声说。

"不要了！"斯克鲁奇大喊道，"不要再看了，我不想看了，不要再让我看了。"

但是无情的幽灵拽住他的双臂，强迫他看下一幕。

他们到了另一个地方，看到了另一个场景：这是一间不太大也不太漂亮的房间，但看上去很舒适。一位美丽的姑娘坐在冬日的炉火旁，长得很像之前那位，以至于斯克鲁奇以为是同一个人。直到看清楚，斯克鲁奇才发现这是一位俊俏的主妇，对面坐着她的女儿。房间里还有很多孩子，所以喧哗声很大，让斯克鲁奇已经烦躁得数不清到底有多少孩子了。而且，和那首诗歌描绘的著名牛群完全不同，他们不是四十个孩子行动起来像一个孩子一样,而是一个孩子吵得像四十个孩子一样。结果就是整个房间十分吵闹,但好像没人在意。相反的是,母亲和女儿笑得非常开心,一副十分享受的样子。女儿还很快加入游戏,被年幼的"强盗们"狠狠地"打劫"了。我愿意用拥有的一切来交换一个加入他们的机会,斯克鲁奇心想。虽然我可从来不会那么鲁莽,永远不会!就算给我全世界的财宝,我也舍不得弄散那条马尾辫,把它弄得乱七八糟;我也绝不会把那只精巧的鞋子从她脚上弄掉。上帝保佑!拯救我吧!至于像那帮年轻的小坏蛋一样,闹着去测量她的腰围这种事情,我是决计不会做的。如果我胆敢那么做的话,我必定受到惩罚,手臂将再也无法伸直,只能永远弯曲在她腰间。我承认,我非常渴望触碰她的嘴唇;我想问她问题,这样她回答问题的时候就会轻启朱唇;我希望看到她低垂眼目时的睫毛,一点儿也不脸红;我希望她散开她的卷发,一丝一缕皆是无价之宝。简而言之,我承认我希望能有资格像孩子那样随心所欲,又

能像成年男子一样懂得珍惜当下。

就在这时，响起了敲门声，她来不及整理被弄乱的衣服，就带着满面笑容被这群喧闹的孩子簇拥着到了门口，刚好迎接回到家的父亲。父亲的身后还跟着一个拎着一大堆圣诞礼物的送货员。接着是欢呼雀跃，以及争先恐后扑上去对手无寸铁的送货员进行猛烈"攻击"。他们把椅子当梯子爬到他的身上，翻他的口袋，抢走用牛皮纸包装的礼物，揪住他的领带，搂着他的脖子，捶打他的背，还兴奋地踢他的腿。每拆开一个礼物，都会爆发出一阵惊喜而快乐的尖叫。有人突然惊叫起来，说小婴儿把洋娃娃的平底锅塞到了自己嘴里，还怀疑他不小心把粘在木盘子上的玩具火鸡咽了下去！幸好最后发现这只是虚惊一场，大家松了一口气。欢乐、感激、狂喜，这些情绪的表现非常相似。终于，孩子们带着亢奋的情绪离开了客厅，一个接一个上楼回卧室睡觉，一切才渐渐安静下来。

这个时候，斯克鲁奇开始更专注地看着那位男主人：他与妻子、女

儿一起坐在壁炉旁，女儿正亲昵地靠在他身上。斯克鲁奇想到，如果也有这样一个优雅美丽、朝气蓬勃的姑娘管自己叫爸爸，那么他生命中萧瑟的冬天将瞬间变成温暖的春日。想到这里，他的眼前变得模糊起来。

"贝尔，"男主人转头笑着对妻子说，"我今天下午碰见了你的一个老朋友。"

"是谁啊？"

"你猜。"

"我怎么猜得到？欸，难道是……"她和他一起笑了，她接着说，"斯克鲁奇先生。"

"对，就是斯克鲁奇先生。我今天经过他办公室的窗外，因为窗户没关，他又点着蜡烛，所以我难免注意到了他。我听说他的合伙人好像活不了多久了，他就一个人坐在那儿。我能想象，他一个人在世上肯定很孤独。"

"幽灵！"斯克鲁奇哽咽着说，"带我离开这里。"

"我告诉过你，这些只是过去发生过的事情的影子，"幽灵说，"这是发生的事实而已，不要怪在我头上。"

"把我带走！"斯克鲁奇大喊，"我受不了了！"

他转头看向幽灵，发现幽灵也正盯着他看，然而幽灵的脸变得很奇怪，上面出现了之前出现过的所有人的脸，与幽灵的脸扭打在一起。

"走开！带我回去！不要再缠着我了！"

斯克鲁奇使劲挣脱，幽灵却完全没有抵抗，也丝毫不受影响。斯克鲁奇注意到幽灵头上的光柱又亮又高，然后隐约觉得这和幽灵的力量有关。他抓起灭光帽，猛地把它扣在幽灵头上。

幽灵渐渐倒下去，被整个盖在了帽子里。尽管斯克鲁奇用尽力气往下压，却仍然挡不住那道光，它从帽子下面照射出来，瀑布般倾泻在地面上。

突如其来的困意袭来，斯克鲁奇感到精疲力竭。而且，他发现自己回到了自家卧室。他又压了一下帽子，然后才松开了手。接着，他摇摇晃晃地倒在床上，立马陷入了沉睡。

第 3 章
第二个幽灵

斯克鲁奇从震天的呼噜声中醒过来，起身坐在床上，整理自己的思绪。不需要任何提示，他就知道，一点的钟声马上就要敲响了。他觉得他及时醒过来，就是为了能与这个由于雅各布·马利的干预而要和他碰面的第二个使者会面。他正在猜想着这个新的幽灵会拉开哪个方向的帷帐，突然感到全身发冷，于是自己动手把所有的帷帐都拉开，然后再躺下，全神贯注地监视着床的四周。他希望能在幽灵现身的那一刻就直面它，而不会因为它突然出现而被吓得惊慌失措。

有一类玩世不恭的绅士，总是炫耀自己有两手，能够随机应变地面对世间的各种场面，吹嘘自己善于各种冒险，无论是掷铜板游戏还是违法乱纪都能游刃有余。当然在这两个极端之间，存在着范围广泛的各种事物。我倒不至于夸口说斯克鲁奇也有这样的能耐，但是大家还是应该相信，他已经做好心理准备，迎接即将到来的奇异访客，无论它的外表是个婴儿还是犀牛，都不会让他慌乱。

斯克鲁奇做好了面对任何东西出现的准备，却对什么也不出现的情景完全没有心理准备。当时钟敲响了一点却什么也没出现，斯克鲁奇反而吓得浑身发抖。五分钟，十分钟，一刻钟过去了，还是什么也没有。这段时间，他一直躺在床上。一点钟时，一束红光照进来。此时他就躺在这束红光的中央。虽然只是一束光，却比出现十几个鬼魂更令人紧张，因为他完全无法理解这束光代表什么意义，或者是有什么意图。斯克鲁奇甚至觉得他可能下一秒就要自燃了，只是自己还不知道而已。不过，最后斯克鲁奇还是开始思考——就像你我一开始就会想到的一样，因为毕竟当局者迷，旁观者清，只有不身处其中的人才会知道应该怎么做，而且毫不犹豫地开始做。最后，我想要说的是，他终于想到这束神秘光芒的来源和秘密可能就在隔壁房间，然后他顺着光寻找了一下，发现它的确是从那个房间发出来的。这个想法占据了他的整个心，于是他轻轻站起来，趿着拖鞋朝门口走去。

他的手刚碰到门把手，就听见一个奇怪的声音在叫他名字，请他进去。他照做了。

毫无疑问，这是他家的房间，但却已经经历了翻天覆地的变化。墙上和天花板都挂满了绿色植物，看上去就像一个小丛林，到处都有亮晶晶的浆果在闪耀着光芒。冬青、槲寄生和常春藤鲜嫩的叶子反射着光线，就像一面面小镜子一样散布在房间各处。熊熊火焰从烟囱里往上蹿，要知道在斯克鲁奇和马利当家的时候，无数个冬天过去，这壁炉也从来没有见识过这么凶猛的火焰。地上有火鸡、鹅、鸭、猪肉冻、大块腿肉、整只乳猪、长串香肠、肉馅派、李子布丁、大桶牡蛎、刚出炉的栗子、红彤彤的苹果、多汁的橙子、美味的梨、巨大的主显节糕饼，以及一碗碗潘趣酒，这些东西堆起来像一个王座一样，正散发出热气腾腾的香气，让整个房间都朦胧起来。在这个王座上，坐着一个快活的巨人，它看起来很气派。巨人手里拿着一个火把，样子有点儿像丰饶之角。它把火把高高举起，火光照亮了在门口偷窥的斯克鲁奇。

"进来吧！"幽灵说，"快进来，交个朋友吧，兄弟！"

斯克鲁奇怯生生地走进去，低头站在幽灵面前。他可不再是以前那个倔强的斯克鲁奇了，尽管幽灵的目光明亮而和善，他也不想直视它。

"我是'现在的圣诞节幽灵',"幽灵说,"抬头看着我!"

斯克鲁奇毕恭毕敬地照做了。幽灵穿着一身简单的绿色的类似长袍或披风的衣服,衣服上镶着白色毛皮的边。外衣松垮垮地挂在身上,露出宽阔的胸膛,仿佛根本不屑于把它遮起来。长袍下摆宽大的皱褶下,露出幽灵光着的双脚。它的头上只戴了一个冬青花环,花环上装饰着闪亮的冰凌。长长的棕色卷发随意散开着,它和蔼的脸庞、闪亮的眼睛、张开的双手、欢快的声音、无拘无束的举止、愉悦的神态,无不散发着自由散漫的气息。幽灵腰上挂了一个古老的剑鞘,已经长满了锈,里面并没有剑。

"你以前没见过我这样的吧?"幽灵大声问。

"从来没有。"斯克鲁奇回答。

"你从来没和我家年轻一辈一起出去过吗?我说的是,我那些前几年出生的哥哥,因为我还很年幼。"幽灵追问道。

"我想应该没有。"斯克鲁奇说,"恐怕真的没有过。幽灵,你有很多兄弟吗?"

"超过一千八百个。"幽灵说。

"这是一大家子人要养活啊!"斯克鲁奇低声嘟囔道。

幽灵站起身来。

"幽灵,"斯克鲁奇低眉顺眼地说,"请带我出发吧。昨天晚上我是被胁迫着走的,而我也从中得到了教训。今天晚上,如果你愿意赐教,请让我从中获益吧。"

"抓住我的袍子。"

斯克鲁奇立马照做，紧紧抓住幽灵的袍子。

冬青、槲寄生、红色浆果、常春藤、火鸡、鹅、鸭、肉冻、腿肉、乳猪、香肠、牡蛎、派、布丁、水果和潘趣酒，都在一瞬间消失得无影无踪。房间、炉火、红色的光芒和茫茫的夜色，都一起消失了。他们站在了圣诞节清晨的城市大街上，人们忙着铲除门前通道和房顶的积雪（因为天气非常不好），发出一阵阵杂乱但清脆、听上去挺悦耳的声音。孩子们看到屋顶的积雪被扫落到地上，飞散起一阵人造暴雪，开心得不得了。

房子的正面挺黑的，窗户的颜色更黑，和屋顶松软的白雪以及地上稍微脏一点儿的积雪颜色形成鲜明对比；货车和马车沉重的车轮从积雪上碾过，留下深深的车辙；在道路交叉口，这些深深的车辙彼此交错，相互碾压几百次，最后形成错综复杂的沟壑，在厚厚的黄泥和冰水滩中难以辨识。天空阴沉沉的，就连最短的街道都弥漫着灰蒙蒙的雾，仿佛一半融化了，另一半还封冻着。雾气里面沉重的煤灰小颗粒像雨滴一样落下，好像整个大不列颠所有的烟囱不约而同烧起了火，尽情燃烧起来。虽然天气和城市都没有值得高兴的地方，但空气中仍然弥漫着一种欢乐的气氛，就连最清新的夏日空气、最明媚的夏日阳光都无法媲美。

屋顶上铲雪的人们兴高采烈，在矮墙后互相呼唤，还不时开玩笑相互投掷雪球——这可是比很多啰唆的笑话更好的"炮弹"——如果打中了会激起一阵开怀大笑，如果没打中，笑声也不小。

家禽店的大门开着一半，水果店里的货品则是五光十色、琳琅满目。一个圆滚滚的硕大篮子里装满了栗子，栗子的形状像是快活的老先

生们穿的马甲,懒洋洋地躺在门口,满到一不小心就会滚到大街上。还有红棕色、胖乎乎的西班牙洋葱,像西班牙的修道士一样身材肥硕、红光满面。它们在货架上朝着路过的姑娘们挤眉弄眼,又假装正经地望一眼头顶上悬挂的槲寄生。还有堆得像一座座高耸的金字塔一样的梨和苹果,以及在店主的善意下被挂在醒目的挂钩上的一串串葡萄,让经过的行人可以免费对着它们流口水。一堆堆带着苔藓的深棕色榛子,散发出的香气不禁勾起人们旧日在林中漫步的回忆,仿佛感受到踩上没及脚踝的枯叶时的愉悦。还有矮矮胖胖的深色诺福克苹果,被黄色的橙子和柠檬衬托得特别显眼。那紧实多汁的果子,仿佛在急切盼望着被人们用纸袋装回家,然后在晚饭后让人们好好享用一番。这些精挑细选的水果间摆着一个鱼缸,里面有几条金色和银色的鱼,虽然是沉闷呆滞的品种,却也感受到有不寻常的事情正在发生,于是喘着气在它们的小天地里一圈一圈地游动，尽管慢吞吞且缺乏热情，但也是鱼类能表现出的激动了。

还有杂货铺！噢！杂货铺啊！虽然已经快打烊，一两块橱窗挡板已经装上了，但透过缝隙仍然能瞧得见里面的光景。秤盘碰到柜台发出愉快的声音，麻线轻快地从线轴上抽出，小罐子们被拿起又放下，像杂耍一样热闹，咖啡和茶叶混合在一起的香气沁人心脾。还有那么多珍贵的葡萄干、雪白雪白的杏仁、又长又直的肉桂棒、美味芬芳的各种调料……别忘了水果蜜饯，上面包裹着、点缀着糖浆，即使最冷静的旁观者，也会被诱惑得头晕眼花、心浮气躁。多汁的无花果，装在精美包装盒里的酸度恰到好处的法国李子，所有东西都装在圣诞礼盒里，味道也好极了。但在这充满了希望的一天，顾客们却一个个争前恐后，在商店门口挤来挤去，粗鲁地撞坏了他们的柳条篮子，有的忙乱中把买好的东西忘在柜台上，又匆忙跑回来取。虽然犯了上百次诸如此类的错误，大家的心情却一点儿没受影响。杂货店的店主和他的伙计们真诚坦率、精神饱满，他们用来把围裙系在身后的心形别针亮闪闪的，而这些别针就像是他们自己的真心被掏出来给大伙儿看一样，甚至连圣诞节的寒鸦想要来啄几口也没关系。

很快，教堂的钟声响起，召唤着善良的人们。于是大家穿上最好的衣服，带着最愉快的表情，成群结队地穿过街道走向教堂。与此同时，无数的人从小街小巷、无名弄堂里涌出来，带着需要烘烤的晚餐朝着面包店走去。看到这群狂欢的穷人，幽灵似乎很有兴趣。它和斯克鲁奇并肩站在一家面包店门口，每当有人经过，就在他们的食物上面放点它火炬上的香料。这可不是一般的火炬，有一两次，那些带着餐食的穷人因为推推搡搡吵了起来，幽灵就挥动火炬朝他们洒了几滴水，顿时就让他们化干戈为玉帛。他们嘴里说着，在圣诞节可不应该吵架啊。可不就是这样吗？上帝保佑，的确如此啊！

教堂的钟声停了下来，面包店也打烊了，然而从每一家面包店烤炉的潮湿痕迹上，还能看出那些餐食在烹饪过程中散发出的层层雾气。就连灶台上铺的石头也在冒着烟，仿佛连它们也被烹饪过了。

"你火炬上的香料有什么特别的味道吗？"斯克鲁奇问。

"有啊，我自己独有的味道。"

"那今天所有的餐食都会有这种味道吗？"斯克鲁奇问。

"所有善意的施与都有，特别是给穷人的。"

"为什么对穷人特别呢？"斯克鲁奇问。

"因为穷人最需要它。"

"幽灵，"斯克鲁奇思索之后问，"我很好奇，天上地下那么多世界，为什么你要限制这些人获得单纯快乐的机会呢？"

"我吗?！"幽灵大叫。

"你每隔七天就剥夺一次他们享受正餐的机会，而那一天，常常是他们唯一能吃上正餐的一天。"斯克鲁奇说，"难道不是吗？"

"是我吗?！"幽灵大喊。

"你想尽办法让面包店等地方在周日打烊，不是吗？"斯克鲁奇说，"导致了同一个结果。"

"我想尽办法?！"幽灵叫出来。

"如果我说得不对，请原谅我。但是这些事情，都是以你的名义，或者你家族的名义做的。"斯克鲁奇说。

"在你们这个世界，"幽灵回答说，"有些人宣称认识我们，他们的狂热、自大、恶毒、仇恨、嫉妒、顽固和自私，都打着我们的旗号。但对于我和我的亲朋好友而言，他们根本就是形同陌路、完全不存在的人。请记住，他们的所作所为，只能算在他们自己头上，而不是我们头上。"

斯克鲁奇答应了他。然后他俩和之前一样，继续隐身前行，来到了城郊。幽灵有个不同凡响的本事（斯克鲁奇在面包店就发现了），就是尽管它有个庞大的身躯，但却能适应任何尺寸的空间。现在，这个超自然的生灵，优雅地站在低矮的屋檐下，和站在高大的厅堂里没什么区别。

也许这个善良的幽灵是想炫耀自己的能耐，或许它的本性就是和蔼、慷慨、热心的，并且对穷人充满了同情，总之它直接去了斯克鲁奇的办事员家里。它带着仍然抓着它袍子的斯克鲁奇，一起去了那儿。在门槛处，幽灵微笑着停下了脚步，用火炬向鲍勃·克拉奇特喷撒祝福。想象一下吧！鲍勃每周能挣十五个"鲍勃[1]"，每个周六，他才能领到十五个和他教名相同的钱币，而幽灵居然祝福了他那个只有四间房子的家！

克拉奇特太太站起身来，她用心打扮了一番，穿着一件改过两次的廉价长裙，上面还装饰着艳丽的缎带。这长裙物美价廉，只花了六便士。二女儿贝琳达正帮着母亲铺桌布，她身上也系着鲜艳的缎带。彼得·克拉奇特少爷正用叉子朝一锅土豆戳，还不小心把身上那件大得离谱的衬衣的领子弄到自己嘴里。这件衬衣是鲍勃的，因为今天这个特殊的日子，转借给了他的儿子兼继承人。彼得觉得今天自己穿得特别帅

---

[1] 先令的俗称。——译者注

气,盼着去时髦的公园里显摆一番。这时,克拉奇特家的一双小儿女飞奔而来,大喊着他们在面包店外闻到了鹅肉的香味,而且确定那就是他们家的鹅。这两个孩子想象着洋葱和鼠尾草配着鹅肉的香气,高兴得绕着桌子跳起舞来。他俩还把彼得吹上了天,然而彼得并不骄傲(衬衣领子勒得他差点儿窒息),他把火吹旺,直到锅里的土豆慢慢冒泡沸腾,把锅盖顶得一直响,提醒大家到了把它们捞出来剥皮的时间了。

"你那尊贵的父亲到底被什么事耽误了呢?"克拉奇特太太问,"还有你弟弟,小蒂姆!玛莎去年圣诞节也没迟到超过半小时!"

"妈妈,玛莎来了!"一个姑娘一边进门一边说。

"妈妈,玛莎来了!"两个小孩子喊,"哇!好大一只鹅,玛莎!"

"谢天谢地,你可算回来了。怎么这么晚?"克拉奇特太太一边不停亲吻她一边说,还热情地帮她把围巾和帽子摘掉。

"妈妈,我们昨天晚上有很多工作要做,"姑娘回答说,"而且今天早上还要收拾东西呢。"

"好吧，没关系，只要到家就好了，"克拉奇特太太说，"亲爱的，你赶快坐在火炉边暖和一下。上帝保佑！"

"不，别坐下！爸爸回来了！"两个小孩一边喊着，一边在房间里到处乱串，"藏起来，玛莎，藏起来！"

于是玛莎藏了起来，父亲鲍勃走进了门，他胸前垂着一条除去流苏也至少有一米长的围巾，身上的旧衣服已经缝补好并且弄平整了，看起来像个过节的样子。小蒂姆被父亲扛在肩上。唉，可怜的小蒂姆，他拿着一根小拐杖，两条腿上还装着铁支架。

"怎么回事，我们的玛莎呢？"鲍勃·克拉奇特一边四处张望一边问道。

"还没来。"克拉奇特太太说。

"还没来！"鲍勃的心情一下子沉到谷底。从教堂出来后他就一直被小蒂姆当马骑，一路狂奔到家。"圣诞节她居然没回来？"鲍勃说。

即使是开玩笑，玛莎也不想让父亲失望。她按捺不住从壁橱门后面跑了出来，一头扑进父亲的怀里，而两个小孩子则扛着小蒂姆去了厨房，让他听铜锅里布丁的歌声。

克拉奇特太太先取笑了一番容易上当的丈夫，然后问道："对了，小蒂姆表现得好吗？"鲍勃正把女儿紧紧搂在怀里。

"非常好，"鲍勃说，"表现特别好。他经常独自坐着陷入沉思，思考一些你听都没听说过的奇怪的事。在回家的路上，他告诉我，他希望教堂里的人都能看见他，因为他是个瘸子，这能在圣诞节让大家回想起是谁能让瘸腿的乞丐重新走路，谁能让盲人重见光明。"

说到这里，鲍勃的声音有点儿颤抖。提到小蒂姆现在越来越坚强和开朗时，他更激动了。

话音未落，就传来了小拐杖敲击地板的声音，小蒂姆在哥哥姐姐的搀扶下回来了，他走到火炉旁的凳子上坐下。鲍勃则卷起衣袖——可怜的人，他的衣袖已经破得快禁不起折腾了——往壶里加入杜松子酒和柠檬，放在火炉架上一边加热一边搅拌。彼得少爷则和那对无处不在的小兄妹去端烤鹅，一会儿三人就浩浩荡荡地回来了。

这阵仗让人觉得鹅理应是鸟类中最珍稀的品种，和这种珍禽相比，黑天鹅简直太普通了。当然在这户人家里面，事实的确如此。克拉奇特太太事先在小锅里熬好了热腾腾的酱汁；彼得少爷使出吃奶的力气压好了土豆泥；贝琳达在苹果酱中放好了糖；玛莎擦干净了热盘子；鲍勃把小蒂姆安置在桌子旁；小兄妹俩帮每个人都摆好椅子，当然也没忘了他们自己，他俩爬上椅子守护自己的领地，把勺子含在嘴里，以免轮到分鹅肉给他们前就禁不住哇哇大叫。终于菜都上桌了，餐前祈祷也做完了。这时大家都屏住呼吸，克拉奇特太太仔细打量着手里那把切肉刀，准备找准位置插到鹅的胸膛里。当她一刀插进去,众人眼巴巴等着的填料从鹅的肚子里涌出来,整个餐桌上响起一片欢乐的呢喃,就连小蒂姆都被两兄妹感染,用刀柄敲击着桌子,轻声喊着:"真棒!"

这可是前所未有的一只鹅。鲍勃说他从来没见过有谁家吃过这样一只鹅。这鹅肉又嫩又入味,而且鹅的块头虽大,价格却便宜,大家赞不绝口。加上苹果酱和土豆泥,这顿饭全家人都能吃个饱。实际上,克拉奇特太太仔细检查了盘子里的骨头后,愉快地说,他们居然没能全部吃光!然而每个人都已经吃饱了,特别是岁数较小的几个孩子,他们的眉毛上都是鼠尾草和洋葱。现在,贝琳达小姐正在给大家换餐盘,克拉奇特太太独自离开了房间——她怕有人盯着她会太紧张——去把布丁端上桌。

万一布丁火候不够呢?万一出模的时候裂开了呢?万一有人趁他们享受鹅肉的时候,从后院翻墙进来把布丁偷走了呢?克拉奇特家的小兄妹一想到这些就吓得脸色发白。所有恐怖的念头都在心头浮现。

哇!一大片蒸汽!布丁从铜锅里面拿出来了。闻起来像洗衣日的味道,是那块布的味道。闻起来就像是餐馆隔壁开了家糕点店,而糕点店隔壁又开了一家洗衣店似的。这就是布丁!不到半分钟,克拉奇特太太就进屋了——通红的脸上带着骄傲的笑容——小心翼翼地端着布丁,就像端着一枚布满斑点的炮弹一样进来了。那布丁又坚挺、又紧致,上面浇了十六分之一品脱的白兰地,白兰地被点燃后冒着火焰,布丁上面还插着圣诞冬青的装饰。

哇!一个美妙的布丁!鲍勃·克拉奇特冷静地评价说这是克拉奇特

太太结婚以来最伟大的成就。克拉奇特太太说这下心里的一块大石头落地了,她承认,她不是很确定最开始放的面粉分量是否正确。每个人都对布丁发表了自己的评价,但没有一个人认为对这一大家子来说这个布丁太小了。谁要敢说这话,那可真是让人匪夷所思。克拉奇特家的所有人都觉得即使暗示一下这个想法也会脸红。

晚餐终于结束了,桌布都收拾干净了,壁炉也清理过了,重新生上了火。壶里的饮料大家喝了都说味道完美,苹果和橘子被摆上桌子分享,满满一铲子栗子放在火上烤着。接下来全家人围着火炉坐着,按鲍勃·克拉奇特的说法围成一个圈,但实际上是半圈。鲍勃·克拉奇特的手肘旁摆着家里的玻璃器皿:两只平底杯和一只无柄奶油杯。用它们来装壶中的热饮,看上去可一点儿不比金色高脚杯差。鲍勃脸上洋溢着光彩,把饮料分给大家喝,火炉上的栗子开始发出噼噼啪啪的爆裂声。然后鲍勃举杯说:

"祝大家圣诞快乐！愿上帝保佑我们全家！"

全家人都跟着说了一遍。

"愿上帝保佑我们每一个人！"小蒂姆最后说。

小蒂姆坐在父亲身旁的小凳上。鲍勃握着他枯瘦的小手。鲍勃很爱这个孩子，希望能一直陪伴在他身边，但却害怕命运将他夺走。

"幽灵，"斯克鲁奇带着前所未有的关心问，"告诉我小蒂姆最后活下来了吗？"

"我看见在破壁炉旁边有一个空座位，"幽灵回答说，"还有一根没有主人的拐杖被精心保存着。如果这些影子没被'未来'改变的话，那么这个孩子会死掉。"

"不要！不要啊！"斯克鲁奇说，"善良的幽灵，请不要这么做！请告诉我他会活下去！"

"如果这些影子没被'未来'改变的话，"幽灵说，"我的族类就再也不能在这儿见到他。但那又如何，如果他该死掉，那就死了算了，这样还能减少过剩的人口。"

听到幽灵引用自己说过的话，斯克鲁奇低头陷入了悔恨与悲痛之中。

"人类啊，"幽灵说，"如果你内心还有人性，不是真正铁石心肠的话，在没有搞清楚到底什么是人口过剩、到底哪里人口过剩之前，请不要再发表那些恶毒的论调。你能决定哪些人该活下去，哪些人该死掉吗？有可能在上帝的眼里，你比成千上万这样贫苦家庭的孩子更没有价值、更该去死。啊，上帝啊！树叶上的昆虫居然宣称它那些生活在土里的饥饿的同胞们数量过剩了。"

斯克鲁奇在幽灵的责备面前低下了头，浑身颤抖，眼睛盯着地面。但听到有人叫他的名字后，迅速抬起了双眼。

"斯克鲁奇先生！"鲍勃说，"斯克鲁奇先生，多亏了你，我们才能享用这顿大餐！"

"没错，多亏他为我们带来大餐！"克拉奇特太太满脸通红地说，"我希望他能在这儿，我想让他好好尝尝我的厉害，希望他能消受得了。"

"亲爱的，"鲍勃说，"孩子们都在呢，今天可是圣诞节。"

"我肯定，"克拉奇特太太说，"只有在圣诞节这天，才会有人祝福斯克鲁奇先生这样一个讨厌、吝啬、冷酷、无情的人健康长寿。你知道他是什么样的，鲍勃。可怜的你啊，没人比你更了解他了。"

"亲爱的，"鲍勃温柔地说，"今天是圣诞节呢。"

"看在你的分儿上，也看在今天过节的分儿上，我祝他身体健康。"克拉奇特太太说，"我可不是看在他的分儿上说的，祝他健康长寿！圣诞快乐！新年快乐！他一定会过得很快乐的，这点我无须质疑。"

孩子们也跟着干了杯。这是他们第一次心不甘情不愿地做这事。小蒂姆最后一个干杯，他也是应付了事。对他们来说，斯克鲁奇就像食人魔一样，一提到他的名字，就给这家人心里投下了阴影，至少五分钟未能消散。

这五分钟过去之后，他们从"邪恶的斯克鲁奇"这个名字里面解脱出来，比之前开心了十倍。鲍勃·克拉奇特说他帮彼得少爷谋了一个职位，如果顺利拿到这份工作的话，每周能挣到五先令六便士。小兄妹想到彼得去工作的样子，笑得前俯后仰；彼得本人则望着炉火，仿佛在思考那笔让人目眩的钱到手之后，应该做什么投资。玛莎是女帽店里一个可怜兮兮的学徒，她告诉家人们她每天做什么工作，每次要干多长时间，然后说明天早上准备好好睡个懒觉，享受假日的休息时间。她还说起前段时间看见一位伯爵夫人和一位勋爵，那位勋爵和彼得差不多高。彼得听见这话把衣领拉高缩了进去，你要是在场的话肯定看不见他的脑袋。其间，饮料和栗子都一轮一轮传递着。过了一会儿，小蒂姆唱起一首关于迷路的孩子在雪地里行走的歌，他的声音微弱而悲伤，但唱得非常动听。

这一切其实没什么出色之处。这家人并非富裕人家，服饰也不讲究，鞋子压根儿不防水，衣服也破破旧旧，而且彼得可能，或者说很可能，非常了解典当行内部是什么样子。但是，他们却是快乐、感恩的一家人，彼此相处愉快，对目前的日子心满意足。他们的影像渐渐消失时，在幽灵的火炬光辉照射下，这家人看上去更加快乐了。斯克鲁奇恋恋不舍地盯着他们，特别是小蒂姆，直至最后一刻。

这时天已经渐渐黑了，雪下得很大。斯克鲁奇和幽灵沿着街道走着，看到厨房、客厅等各种房间里透出炉火明亮的火光，特别美妙。看这家，熊熊火光映射出一家人正在准备美味的晚餐，一个个热盘子在火炉上烘烤，深红色的窗帘随时准备着拉上，把寒冷和黑暗隔绝在外。看那家，孩子们全都跑到雪地里迎接已经成家的兄弟姐妹、叔叔阿姨，争先恐后地想第一个迎接他们。再看这家，百叶窗上映出高朋满座的场景。那边有一群漂亮的姑娘，戴着帽子，穿着皮靴，正叽叽喳喳聊着天，愉快地走在去邻居家串门的路上。旁边有个苦恼的单身汉，眼巴巴地看着她们走进去——这群机灵的"女巫"，知道有人在偷看，脸上泛着光芒。

如果你只是看路上赶着前往朋友家聚会的人的数量，你可能会以为所有人都在路上，没有人会在家里迎接客人，没有哪个家庭在期待宾客，也没有人把家里的柴火堆得半个烟囱那么高。幽灵祝福着他们，心中充满了喜悦。它敞开宽阔的胸怀，张开巨大的手掌，一路飘着，一路用它慷慨的双手，将光明而无害的快乐撒向它触及的一切事物。在它前面奔跑的点灯人，给昏暗的街道带来光亮，看他的穿着，今天晚上是有别的安排。经过幽灵的时候，他哈哈大笑，他完全不知道圣诞幽灵正在旁边陪着他呢。

毫无预兆，他们突然间来到了一片荒凉的沼泽。到处都堆着巨大的石块，看上去就像巨人的墓地一般。水朝着四面八方漫延开来——要不是有些地方的积水被冻住了，水就到处都是了。这里除了青苔、荆豆和杂乱的野草之外，什么植物也没有。夕阳西下，只留下一抹火红的晚霞，像一只愤怒的眼睛一样扫过这片荒野，然后便皱着眉头渐渐沉下去，最后消失在浓浓的夜色中。

"这是哪儿？"斯克鲁奇问。

"矿工们住的地方，他们在地下的矿井里劳动，"幽灵回答说，"但他们认识我。你看！"

一间棚屋里透出一丝亮光，于是他们迅速朝着那里走去。穿过一堵泥巴和石头砌的墙，他们看到一群人愉快地围在火堆旁。那是一对年纪很大的老夫妻和他们的儿女、孙辈、曾孙辈，大家都高高兴兴地穿着节日的盛装。老人正在为家人们唱一首圣诞歌，歌声却总是被荒野呼啸的风声盖过。这是一首他还是小孩时唱过的老歌，儿孙们也时不时跟着合唱几句。当大家都高声合唱时，老人也高兴得提高了音量；但大家都住口时，他也失去了兴头。

幽灵没有在这里停留，而是嘱咐斯克鲁奇抓紧它的袍子，迅速越过

了沼泽地。这是去哪儿呢？不会是去大海吧？果然是去大海。斯克鲁奇回头一看，惊恐地发现他们已经远离了陆地边界那排可怕的岩石，海浪声震耳欲聋，海水翻腾着、怒吼着，在它侵蚀出的恐怖洞穴中肆虐，狂暴地试图摧毁陆地的根基。

离海岸大概一里格的地方，有一块岩石沉入水中形成的凄凉的礁石，它年复一年被海浪肆虐冲刷。礁石上面有一座孤零零的灯塔。大丛的海藻缠绕着它的根基，许多风暴鸟在上面起起落落，就像它们掠过海浪一样。有人说它们是风之子，正如海藻是海水之子一般。

就连在这儿，两个灯塔守护人也升起一堆火，一丝亮光从厚厚的石墙缝隙透出来，照在可怕的海面上。他们坐在一张做工粗糙的桌子前，握了握手，举起酒罐祝对方圣诞快乐。两人中年龄稍大的那个，因为常年待在恶劣天气里，脸上伤痕累累，就像老旧的船头雕像一样。他唱起一首气势雄壮的歌曲，歌声像大风一样嘹亮。

幽灵继续在漆黑汹涌的海面上快速前进，一直往前，直到他们上了一艘船，它告诉斯克鲁奇他俩已经远离陆地。他们站在掌舵的舵手和在船头瞭望的水手旁，还有几个身影守在自己的岗位上。每个人的嘴里都在哼着圣诞歌曲，想着圣诞节的事情，或者和同伴低声讲着以前圣诞节那天的故事，话语里充满对故乡的思念。不管是睡着的还是醒着的，无论是好人还是坏人，今天船上的每个人说话都特别友善。在某种程度上，他们在分享着节日的欢乐，挂念着远方的亲人，也知道亲人们同样正高兴地挂念着他们。

斯克鲁奇听着大风的呻吟，正思索着在这孤寂的黑夜里，跨越宛若

死亡之境的未知深渊是多么庄严的事。就在此时，斯克鲁奇惊奇地听到一阵发自肺腑的欢笑声。当他听出这是他外甥的声音时，更是诧异不已。他发现自己身处一间明亮、干燥的房间里，幽灵微笑着站在他身旁，用带着赞赏和亲切的目光看着他的外甥。

"哈哈！"斯克鲁奇的外甥大笑着，"哈哈哈！"

虽然这种可能性极低，但是如果你认识什么人比斯克鲁奇的外甥更爱笑的话，那我只能说，我也希望能一睹他的风采。请把他介绍给我，我会努力和他交朋友。

世上万物总是存在公平、公正的安排。虽然疾病和忧伤会传染，但这个世界上没有什么能比开怀大笑和风趣幽默更能让人受到感染。斯克鲁奇的外甥笑起来是这样的：他捧着肚子、摇头晃脑、脸部肌肉都扭曲到夸张的地步。而斯克鲁奇的外甥媳妇也和他一样笑得特别开心。聚在他们周围的朋友没有一个甘拜下风，个个放声大笑。

"哈哈！哈哈哈哈！"

"我没开玩笑，他真的说圣诞节是骗人的！"斯克鲁奇的外甥嚷嚷道，"而且他自己深信不疑。"

"弗雷德，丢脸的是他啊！"斯克鲁奇的外甥媳妇愤愤不平地说。上帝保佑那些女人吧，她们做事情从不半途而废，而且总是很认真。

她长得很漂亮，可以说非常漂亮。她标致的脸蛋儿上有一个酒窝，饱满的小嘴巴好像天生就是用来亲吻的——这点毫无疑问；下巴上的小坑一笑起来就消失了；那双阳光般灿烂的眼睛，真是世间绝无仅有。你知道，她就是那种让人魂不守舍的女人，但是却让人心满意足，绝对心满意足。

"他是个滑稽的老头子,"斯克鲁奇的外甥说,"这是实话。虽然他不是那么讨人喜欢,但是他已经自作自受了,所以我不想再说他坏话。"

"我相信他一定很有钱,"斯克鲁奇的外甥媳妇说,"至少你一直这么跟我说。"

"亲爱的,那又怎样?"斯克鲁奇的外甥说,"他的财产对他来说毫无用处。他从来不用这些财富来做好事,也不用来让自己活得更舒适一些。他从来没有想过——哈哈哈——用他的财富让我们大家受益。"

"我可受不了他。"斯克鲁奇的外甥媳妇说。她的姐妹们和在场其他女士也表示了相同的看法。

"我可以。"斯克鲁奇的外甥说,"我为他感到难过。我没办法对他生气。他的那些坏脾气让谁遭殃呢?永远是他自己啊。你看,他非要让自己讨厌我们,也不来和我们一起吃晚餐。结果又能怎样?吃一顿饭又不会让他损失什么。"

"的确是,我倒觉得他损失了一顿美餐!"斯克鲁奇的外甥媳妇插嘴说。其他人都表示赞同,因为他们刚刚享用了这顿晚餐,绝对有资格做评委。这时甜品还在桌上,大家正在灯光下,围坐在炉火边。

"好吧,听见大家这么说我很高兴,"斯克鲁奇的外甥说,"因为我对这些年轻的主妇可没有什么信心。你说呢,托普尔?"

托普尔的心思都在斯克鲁奇外甥媳妇的一个妹妹身上,他回答说,作为一个没人要的单身汉,他没有资格在这个话题上发表意见。这时,斯克鲁奇外甥媳妇的妹妹——那个衣服上有蕾丝花边的胖乎乎的女孩,不是那个戴着玫瑰花的女孩——脸一下子红了。

"继续说啊，弗雷德，"斯克鲁奇的外甥媳妇一边拍手一边说，"他从来不把话说完。真是个可笑的家伙！"

斯克鲁奇的外甥爆发出另一轮大笑，而且这笑声不可避免地感染了所有人：那个胖乎乎的姑娘试着用闻芳香醋的办法来忍住笑，但大家还是抑制不住地笑了起来。

斯克鲁奇的外甥说："我只是想说，他讨厌我们，不和我们一起找乐子的结果，在我看来，是会让他失去一些愉快的时光，而且对他没有任何好处。我敢说，他失去了能给他带来快乐的朋友，这些朋友，在他自己的思想里，在他发霉陈旧的办公室里，在他灰尘弥漫的房间里，是不可能找到的。所以不管他乐不乐意，我每年都会给他同样的机会，因为我很可怜他。他也许会一直到死都抱怨圣诞节，但我会挑战他——我会年复一年去他那儿，总是开心地问候他：'斯克鲁奇舅舅，你过得怎么样啊？'即使这样仅仅是让他给他那可怜的办事员留个五十英镑，那也值了。我想我昨天已经打动他一点儿了。"

听到他说打动了斯克鲁奇，这下轮到其他人大笑了。但他心地善良，也并不在意他们笑什么，所以不管大家笑成什么样子，他还是鼓励他们尽情欢笑，并且开心地给他们递酒瓶。

喝过茶之后，音乐演奏开始了。他们来自爱好音乐的家庭，当他们表演三重唱或者轮唱的时候，我可以保证水准非常高，特别是托普尔，低音部分演唱得像专业歌手，而且根本不会吼得脑门上青筋毕现，也不会喊得面红耳赤。斯克鲁奇的外甥媳妇最在行的是竖琴，在她弹奏的好

几首曲子中,有一首简单的小曲(真的不难,你可以两分钟内学会用口哨吹出这曲子)是"过去的圣诞节幽灵"让斯克鲁奇回忆起的从寄宿学校接他回家的女孩当年耳熟能详的曲子。这首曲子一响起,那个幽灵让他看过的事情又再度浮现在脑海里,斯克鲁奇越来越感动,甚至想到如果多年前他能多听几次这首曲子,他说不定也能用自己双手做出的善行给自己带来幸福,而不需要靠教堂执事那把埋葬了雅各布·马利的铁锹来帮忙。

但是他们没有整个晚上都演奏音乐,过了一会儿,就换成玩罚物游戏了。有时候,重新做个小孩挺不错的,特别是在圣诞节,因为这个节日的创造者那时就是个孩子。等等!其实他们先玩了捉迷藏。这是一定要玩的。而且,我才不信托普尔的眼睛被蒙严实了,就像我不信他靴子上长了眼睛一样。我认为,他和斯克鲁奇的外甥一定是串通好了,而且"现在的圣诞节幽灵"肯定看出来了。他只顾着追赶那个穿着有蕾丝

花边衣服的胖姑娘的行为,真是对人性中的信任的侮辱。他一会儿碰倒了火钳,一会儿绊倒了椅子,一会儿撞上了钢琴,一会儿又被窗帘缠住了,反正无论胖姑娘去哪儿,他就跟到哪儿。他总是能知道胖姑娘去了哪儿,而且他根本不去抓别的人。如果你故意挡在他面前(有人真这么干了),他会假装去抓你,但实在太假了,简直是对你智商的侮辱,然后他会立马溜去胖姑娘所在的地方。胖姑娘老是叫嚷着说这不公平。的确如此。最后,托普尔终于抓到了她。尽管她极力闪躲,衣裙发出沙沙的声音,他还是把她逼到了无处可逃的角落里。接下来,他的行为恶劣到了极点。首先他装作不知道是她,假装需要摸摸她的头饰才能判断出她是谁,然后他又确认了套在她手指上的戒指,以及戴在她脖子上的项链,确保自己没弄错人。这太卑鄙了!毫无疑问,那姑娘把自己的想法都告诉了托普尔,因为在换了人当"盲人"后,他俩就亲密地躲在窗帘

背后了。

　　斯克鲁奇的外甥媳妇没有参加捉迷藏游戏,她找了个舒服的角落,安逸地坐在一张宽大的椅子里,椅子前面还放了脚凳。幽灵和斯克鲁奇就站在她身后不远的地方。不过她参加了罚物游戏,特别是"爱其所爱"游戏,她把二十六个字母都讲出来了。她也很擅长"如何、何时、何处"游戏,把她的姐妹们打得一败涂地,让斯克鲁奇的外甥心里窃喜。要知道她们也是很聪慧的女孩子,这点托普尔可以保证。屋子里大概有二十个人,男女老少都参加了这个游戏,所以斯克鲁奇也加入了。他全心投入游戏,完全忘记这些人听不见他的声音,有时候还大声地喊出自己的猜想,而且经常猜到正确答案。虽然他经常觉得自己很迟钝,但其实即使是白教堂生产的最尖锐的针,那种保证不会断掉的针,也不及斯克鲁奇的思维尖锐。

　　发现斯克鲁奇兴致高昂,幽灵很开心,当斯克鲁奇像个孩子一样恳

求说想留下来直到客人都离开为止时，它用宠爱的眼神看着他，但告诉他这样不行。

"他们开始新的游戏了，"斯克鲁奇说，"就再玩半个小时吧，幽灵，求求你了！"

这个游戏叫作"是与否"，斯克鲁奇的外甥要先想一个东西，其他人需要猜出他想的是什么。他们可以向他提问题，但他只能回答"是"或者"否"。回答完一连串的问题后，他想到的东西渐渐暴露出来了，这是一种动物，一种活着的动物，一种令人讨厌的动物，一种野蛮的动物，有时候会咆哮，有时候会哼哼，有时候会说话，这动物住在伦敦，会在街上散步，不是用于展览的，也不是被人牵着走的，没被关在动物园，也不会在市场里被宰杀，不是马，不是驴，不是奶牛，不是公牛，不是老虎，不是狗，不是猪，不是猫，也不是熊。每当有人提出一个问题，斯克鲁奇的外甥就爆发出一阵大笑，笑得从沙发上站起来不停地跺脚。最后，那个胖姑娘也笑不可支，高声喊道：

"我知道了，我知道是什么了，弗雷德！我知道答案了！"

"是什么?"弗雷德问道。

"是你的舅舅斯克鲁奇!"

答案正确!赢家让大家心服口服,虽然有人提出反对,说问到"是一只熊吗?"的时候,答案应该是"是"[1],否定的回答误导他们把斯克鲁奇先生从答案中排除了,这话说得好像他们曾经想到过那个答案似的。

"我敢肯定地说,他给我们带来了很多欢乐,"弗雷德说,"如果我们不举杯祝他健康,那也太忘恩负义了。现在大家手里都拿到热红酒了,我要说,敬斯克鲁奇舅舅!"

"好吧!敬斯克鲁奇舅舅!"大家喊道。

"不管他是什么样的人,都祝他老人家圣诞快乐、新年快乐!"斯克鲁奇的外甥说,"他不会接受我的祝福,但无论如何,我希望他能拥有这份祝福。敬斯克鲁奇舅舅!"

---

[1] 熊的英文 bear 有"粗鲁无礼的人"的意思。——编者注

斯克鲁奇不知不觉中变得非常开心，如果幽灵同意给他一点儿时间，他会举杯感谢这群看不见他的人，并且祝福他们，尽管他们也听不见。但是，外甥的话音未落，整个场景就消失了，斯克鲁奇和幽灵再次踏上了旅程。

他们走了很多地方，看了很多东西，拜访了很多人家，每一次看到的都是欢乐的场面。幽灵站在病床旁，病人们欢欣愉快；来到异国他乡，人们感受到了家园近在眼前的气息；站在挣扎的人面前，他们有了更大的希望，所以继续耐心坚持着；站在穷人面前，穷人便感到富足；在救济院、医院、监狱，在每一个苦难的避难所，只要掌权者没有把幽灵拒之门外，它就留下它的祝福，并且教导斯克鲁奇它的规则。

如果这一切都是发生在一个晚上，那这真是个漫长的夜晚。但斯克鲁奇对此表示怀疑，他觉得是整个圣诞假期被浓缩在了他们一起度过的这段时间里了。另外一件奇怪的事情是，虽然斯克鲁奇的外表和以前一

样,没有任何变化,但幽灵看上去却明显比之前老了。斯克鲁奇注意到了这个变化,但却一直没有提起,直到最后他们离开了一个儿童主显节派对,一起站在户外时,他注意到幽灵的头发已经变成灰白色。

"幽灵的生命很短暂吗?"斯克鲁奇问。

"在这个世界,我的生命是非常短暂的,"幽灵说,"今天晚上它就会结束。"

"今晚!"斯克鲁奇忍不住叫出来。

"就在今天晚上十二点整。你听啊,时间马上就要到了。"

这时十一点三刻的钟声刚好响起。

"请原谅我冒昧地问一句,"斯克鲁奇盯着幽灵的长袍问道,"我看到一些奇怪的东西从你袍子下面伸出来,应该不是你身上的东西。是一只脚还是一只爪子?"

"从上面的皮肉来看,应该是只爪子吧。"幽灵悲伤地回答,"看这儿。"

从袍子的褶皱里，它拉出来两个孩子，他们看上去既可怜又凄惨，惊恐且丑陋，简直狼狈不堪。他俩跪在地上，紧紧拽住幽灵的长袍。

"哎，老兄，看这儿。看哪，这下面。"幽灵喊道。那是一个小男孩和一个小女孩，他们面黄肌瘦、衣衫褴褛、愁眉苦脸又神色贪婪，正谦卑地跪在地上。那种本来应该洋溢在孩子身上的青春气息，那种鲜活的光彩，仿佛都被一只枯槁的老人的手掐住、扭曲着，撕裂成了碎片。本来应该是天使驻足的地方，现在却潜伏着虎视眈眈的恶魔。自创世以来，尽管世间出现过各种各样的造物神迹，但没有任何变化、堕落或人性的扭曲，能有这种怪物的一半恐怖。

斯克鲁奇吓得直往后退。他们这样出现在他眼前，即使他想说他们是好孩子，这句话也硬生生卡在喉咙里，无法把这个弥天大谎说出口。

"幽灵，他们是你的孩子吗？"斯克鲁奇只能问出这么句话。

"他们是人类的孩子，"幽灵一边低头看着他们一边说，"他们逃离了父亲，紧跟着我，到我这里来申诉。这个男孩是'无知'，这个女孩是'匮乏'。要小心他们俩，还有他们的同类，特别是要小心这个男孩，因为我看见他的额头刻着'厄运'两个字，除非这字迹能被谁抹掉，否则一定要拒绝他！"幽灵大喊，将双手朝着城市的方向伸出去，"谁提起他你就咒骂谁吧！如果为了你结党营私的目的接纳他的话，事情会越来越糟的。等待结局吧！"

"没有避难所或者其他什么地方接纳他们吗？"斯克鲁奇大声问。

"难道监狱都关门了吗？"幽灵最后一次用斯克鲁奇自己说的话来

讽刺他,"济贫院呢?"

时钟敲响了十二点。

斯克鲁奇四处寻找幽灵,但却一无所获。最后一次钟声的余音消失后,他想起了老雅各布·马利的预言。于是他抬起双眼,看见一个庄严的幽灵,披着披风,戴着帽兜,像一阵薄雾一样,朝他飘来。

第4章
最后一个幽灵

这个幽灵慢慢地、严肃地、安静地走近。当它靠近时，斯克鲁奇跪了下去，因为这幽灵一路走来，阴暗和神秘的气息随之弥漫在周围的空气中。

它身上裹着一件漆黑的袍子，它的头、脸、身体都被袍子遮掩住了，只能看见一只手伸出来。如果不是这只手，真的很难把幽灵的身形从夜色中分辨出来，从笼罩在四周的黑暗中剥离出来。

当它来到身边的时候，斯克鲁奇发现它个子很高、态度严肃，浑身上下散发着神秘的气息，让人不禁心生胆怯。

"请问您是'未来的圣诞节幽灵'吗？"

幽灵没有回答，只是伸出手指着前方。

"幽灵，你准备让我看到尚未发生，但是即将发生的事情的影子，"斯克鲁奇追问，"是吗？"

幽灵袍子上半部分的褶皱处收紧了一下，似乎是幽灵低了下头。这便是斯克鲁奇得到的唯一回应。

虽然这个时候斯克鲁奇已经习惯了幽灵的陪伴，但他还是对这个沉默的身影产生了恐惧，双腿止不住地发抖，在准备跟着幽灵出发的时候，他发现自己几乎站不住了。幽灵注意到他的状况，停下来等了一会儿，给他一点儿时间恢复。

但这么一来，斯克鲁奇的状况更糟了。因为他知道在这暗黑色的"裹尸布"后面，有一双幽灵的眼睛死死盯着他，而他尽管用尽全力，却只能看见一只幻影般的手和一大团黑漆漆的东西。"未来的圣诞节幽灵啊，"斯克鲁奇喊道，"我见过的幽灵里面，我最害怕的是你。不过，

我知道你是为了我好,我也希望自己能洗心革面,我已经准备好怀着感恩的心,与你同行。你能和我说句话吗?"

幽灵没有回答。它的手指着他们的前方。

"带路吧!"斯克鲁奇说,"带路吧,我知道,夜晚的时间正在飞逝而过,而时间对我来说非常珍贵。带路吧,幽灵!"

幽灵往前走了,飘着走的方式就和它来的时候一样。斯克鲁奇走在它袍子的影子里,他感觉到影子把他托起来,带着他一起前行。

与其说是他们进了城,还不如说是城市在他们四周冒了出来,把他们围在中间。他们现在正身处城市中心的交易所里，周围是一群商人。他们跑上跑下，口袋里的钱被晃得叮当作响；他们聚在一起聊天，有的掏出表来看时间，若有所思地摆弄着大大的金印章。诸如此类，都是斯克鲁奇司空见惯的场景。

幽灵停在一小群商人旁边。斯克鲁奇注意到幽灵用手指着他们，于是走近仔细听他们聊天。

"不，"一个下巴很大的胖子说，"我知道得不多，我只知道他死了。"

"他什么时候死的？"另一个人问。

"据我所知是昨天晚上。"

"天哪，他到底怎么了？"第三个人一边从一个很大的鼻烟盒里取出一些鼻烟，一边问，"我还以为他会长生不老呢。"

"天晓得！"第一个人打着哈欠回答道。

"他怎么处理他的财产？"一个面色红彤彤的先生问道，他的鼻头

长了一个下垂的肉瘤，晃来晃去的就像火鸡脸上的赘肉。

"我没听说，"大下巴男人说着又打了一个哈欠，"也许留给他的公司了吧。我只知道，他没留给我。"

这句逗趣的话引得大家哈哈大笑。

"看来葬礼肯定花费很少，"这个人继续说，"我至今还没有听说谁会去参加。要不我们几个组织一下一起去？"

"如果提供午餐的话，我愿意去。"鼻子上长着肉瘤的先生说，"如果要我去的话，必须得有饭吃才行。"

又是一阵哄笑。

"其实，归根结底，我是对这件事情最不感兴趣的人，"大下巴男人说，"因为我从不戴黑色手套[1]，也一向不吃午餐。但是如果其他人都去的话，那么也算我一个。我现在想起来，说不定我还是他最特别的朋友呢，因为每次我们在路上碰到，都会停下来聊几句。各位，再见！"

说的人和听的人渐渐散开，加入了其他的人群中。斯克鲁奇认识他们，他看着幽灵，希望能得到一个解释。

幽灵又飘向一条街道。它的手指指着正在聊天的两个人。斯克鲁奇继续听着，猜想大约这次能得到答案。

他也认识这两人，而且很熟悉。这两个都是商人：有钱，而且有地位。他过去一直努力，希望能赢得这两人的尊重——从生意的角度而言，仅仅是从生意的角度而言。

"你好！"一个人说。

---

[1] 英国传统葬礼上，有赠送一副黑手套给前来吊唁的人的习俗。——编者注

"你好！"另一个人说。

"哎呀，"第一个人说，"老抠门儿终于轮到这一天了，对吧？"

"我也听说了，"第二个人回答说，"天可真冷啊，不是吗？"

"圣诞节的时候就是这么冷。我记得，你不喜欢溜冰吧？"

"对，不喜欢。有别的事情要操心呢。再见了！"

话不多说，两人见面、交谈，然后分道扬镳。

一开始，斯克鲁奇有点儿纳闷为什么幽灵觉得这些无聊的交谈很重要。但他觉得这些对话一定有什么隐含的意思，于是开始思考那究竟是什么。他们聊的肯定不是关于他老搭档雅各布的死，因为那是"过去"的事情，而这个幽灵管辖的是"未来"。他也想不到自己认识的哪个人能和这些话扯上关系。但毫无疑问，无论他们谈论的对象是谁，都和斯克鲁奇之后的自我改造有着一些关联，所以他决心好好重视听到的每个字、见到的每件事，特别是当他自己未来的影子出现的时候，更是要好好观察。因为他觉得，未来的自己的行为会给他一些线索，让他能轻松地解开眼下的谜团。

斯克鲁奇环顾四周，想找到自己未来的影子。但在他常待的角落，却看到另一个人站在那儿。尽管时钟已经指着他平时去那儿的时间，但穿过门廊涌进来的人群中，却没有出现他的身影。但他并未感觉太过意外，因为他已经决心要改变自己的人生，所以希望这些决定在这里能落到实处。

在他身后，幽灵一言不发地站在黑暗中，手仍然伸在外面。当他从沉思中回过神来，突然意识到，从幽灵手指的方向，以及自己的位置来看，那两只看不见的眼睛正热切地盯着自己。他不禁打了个寒战，觉得冷彻心扉。

他们离开了这个繁忙的地方，来到城里一个偏僻的地区，斯克鲁奇从来没去过那里，但听说过那里的情况和坏名声。道路又脏又窄，商店和住宅都破败不堪，这里的人衣衫褴褛、酒气熏天、邋遢无比、丑陋难堪。巷子和弄堂就像污水池一样，散发出令人恶心的气味，将污垢、肮脏和人生丑态倾泻到错综复杂的街道上。整个街区充斥着犯罪、肮脏和穷苦的气息。

在这个臭名昭著的巢穴深处，一个阁楼下的低矮屋檐下，有一家门面凸出的小店，收购废铁、烂布、瓶子、骨头和油腻的动物下水。店里的地板上堆满了生锈的钥匙、钉子、锁链、铰链、锉刀、磅秤、砝码和各种各样的废铜烂铁。

在这些堆积如山的旧衣破布、变质腐烂的动物脂肪、耸起如坟堆的骨头之中隐藏了许多秘密，却很少有人愿意去探究。一个年近七旬、头发花白的老无赖，正坐在他的货物中间，身旁是一个旧砖头砌成的炭炉。他在一根绳索上挂了一块各种破布拼接起来的臭烘烘的帘子，用来抵挡外面的寒气。在这幽静的隐居之处，他惬意地抽着他的烟斗。

斯克鲁奇和幽灵来到这人面前的时候，正好有一个女人也提着一个沉重的包裹溜了进来。她刚进屋，另一个提着同样沉重包裹的女人也进来了。她后面紧跟着一个穿着褪色的黑衣服的男人，他看见她们时吃了一惊，这两个女人认出对方的时候也是惊讶不已。三个人一下子都呆住了，那个抽烟斗的老头一时也没回过神来，接着，他们同时爆笑

起来。

"打杂女工是第一个,"第一个进来的女人喊道,"洗衣女工是第二个,办丧事的男人是第三个。看哪,老乔,这可真巧啊!我们简直像约好的一样,在这儿碰头了。"

"你们可算是来对地方了。"老乔一边说,一边把烟斗从嘴边拿开,"到客厅里来吧。你已经对这儿很熟了,另外两个人也不是第一次来。先等我把店门关上。唉,这嘎吱嘎吱的声音!我想,这店里没有比这门上的铰链锈得更厉害的废铁了,也没有比我身上的骨头更老的骨头了!哈哈!我们很适合自己的行当,我们可是好搭档。来吧,到客厅里来。

快进客厅吧。"

客厅其实就是破布帘子围起来的一块地方。老头用一根固定楼梯地毯的旧铁棍拨了拨炉子里的炭火，又用烟斗杆儿把已经冒烟的灯芯调整了一下（因为这时天已经黑了），然后把烟斗塞回了嘴里。

他做这些事情的时候，之前说话的女人把自己的包裹扔在地板上，然后大大咧咧地找了张凳子坐下来。她两臂交叉放在膝头，抬眼望着另外两人，眼神里带着挑衅。

"那又怎样！是吧！迪尔伯太太！"这个女人说，"每个人都有权利为自己谋点好处。他自己也总是这么做。"

"没错，的确是这样。"洗衣女工说，"这点没人能胜过他。"

"既然如此，你这女人，就不要站在那儿盯着看，就好像害怕似的。谁也不比谁更聪明。我想，我们总不会相互拆台吧？"

"当然不会！"迪尔伯太太和男人异口同声说道，"我们肯定不希望发生这种事情。"

"那就对了！"打杂女工说，"这样就够了。少了这几样东西，谁会蒙受损失呢？我想肯定不会是死人。"

"当然不会！"迪尔伯太太笑着说。

"这个讨厌的老抠门儿，如果他想死了之后还留着这些东西，他活着的时候为什么那么不近人情呢？"打杂女工继续说，"如果那样的话，他死的时候就会有人照顾他，而不是孤苦伶仃地躺在那儿，直到咽下最后一口气。"

"这可是大实话，"迪尔伯太太说，"这是他的报应。"

"我希望这个报应更重一点儿,"打杂女工说,"本来就应该如此,你们等着瞧吧。我希望我能多捞点东西。老乔,把那个包裹打开吧,给我报个价。就直接说吧,我不在乎做第一个,也不怕他俩知道。你很清楚,在到这儿碰头之前,我们只是在自救而已。这不是什么罪过。乔,打开包裹吧。"

但她讲义气的朋友们不肯让她这样,于是那个穿着褪色的黑衣服的男人冲在前面,打开了自己的包裹。里面的东西不多,有一两个图章、一个铅笔盒、一副袖扣,还有一个不怎么值钱的胸针,就这几样东西。老乔把这些东西一个个检查评估,然后用粉笔把他给每件东西的出价写在墙上,写完最后一个之后,加了一个总数出来。

"这是你的总价,"乔说,"无论如何,我也不会多出一个子儿。下一个是谁?"

下一个是迪尔伯太太。她的东西是床单、毛巾、几件衣服、两把老式的银茶匙、一个方糖夹,还有几双靴子。她的物品的估价也同样写到了墙上。

"对女士们我总是出价过高。这是我的弱点,我就是这么毁掉自己的。"老乔说,"这是你的总价。如果你再公然开口管我多要一分钱,那我就会后悔自己太过慷慨,然后把你的报价扣掉半克朗。"

"现在打开我的包裹吧,乔。"第一个进门的女人说。

乔屈膝跪在地上,方便解开那包裹上的很多个结,最后从里面拖出一卷又大又重的黑色物件。

"你管这叫什么?"乔问道,"床帷吗?"

"嗯！"女人抱着胳膊，一边笑一边俯身说，"床帷！"

"你的意思该不会是，他还躺在那儿的时候，你就把床帷和扣环什么的取下来了吧？"

"对，就是那样，"女人回答说，"有何不可？"

"你注定是要赚大钱的，"乔说，"你肯定会发财的。"

"只要我能够得着的东西，我肯定不会缩手的。我向你保证，乔，对他这种人，我才不会客气。"女人冷冰冰地说，"你可别把油滴到毯子上！"

"这毯子是他的？"乔问道。

"不然还会是谁的？"女人回答说，"要我说，即便没有毯子盖，他也不会着凉。"

"我想,他应该不是得传染病死掉的吧?嗯?"老乔手上的动作停了下来,抬起头看着她。

"你不用担心,"女人回答说,"如果他得了传染病的话,我可不会为了这些东西在他身边晃悠,我可没有那么喜欢他。哈!你就算把眼睛看瞎也不会找出那件衬衣上有任何破洞或者磨损的地方。这是他最好的一件衬衣,可是高级货呢!要不是我的话,这件衬衣就被他们糟蹋了。"

"怎么糟蹋?"老乔问。

"当然是让他穿上这件衬衣下葬啊!"女人笑着说,"有蠢货准备这么干,不过我又给他脱下来了。白棉布不刚好就是这种时候用嘛,你可找不到白棉布更好的用处了。那白布和他还挺般配的,裹在他身上也不比这件衬衣丑。"

这段对话让斯克鲁奇听得心惊肉跳。在老头那盏灯昏暗的光线下,这帮人围坐在战利品旁边。斯克鲁奇怀着无比厌恶和恶心的感觉看着他们,就仿佛他们是兜售尸体的恶魔一般。

"哈哈!"老乔掏出装钱的法兰绒袋子,把他们各自应得的钱摆在地板上时,女人笑道,"你们看,这就是结局。他活着的时候把周围所有人都吓跑了,他死了之后就便宜我们了。哈哈哈!"

"幽灵!"斯克鲁奇浑身颤抖地说,"我明白了,我明白了。这个不幸的男人大概就是我自己。现在,我的人生走上了那条路。天哪,这又是什么?"

场景又变了,斯克鲁奇吓得直往后退。现在他差点儿碰到一张床,一张光秃秃没有床帷的床。床上破旧的床单下盖着什么东西,那东西虽然无声无息，却用可怕的语言昭示着自己的真面目。

房间里一片漆黑，什么都看不真切。但斯克鲁奇却被一种神秘的冲动驱使，他环顾四周，想弄清楚这到底是个什么房间。一道惨白的光线从外面射进来，直直地照在床上。床上是一个男人的尸体，他已经被洗劫一空，无人看管，无人守护，更无人为之哭泣。

斯克鲁奇回头望向幽灵。它的手稳稳地指着尸体的头部。那床单被随意盖在上面，只要斯克鲁奇稍微动一动指头掀开一点儿，就能露出下面的那张脸。他想到这点，知道这是轻而易举就能做到的事情，心里也想去做，然而，却完全没有勇气去掀开床单，就像他不敢赶走身边的幽灵一样。

哦，冰冷、苛刻、可怕的死神啊，您在这里设下祭坛，并用恐怖将它装饰起来：因为这是您的领地！但对于一位受人热爱、备受尊敬的人，您却不能出于您可怕的目的擅动他一根头发，或丑化他的某个相貌

特征。虽然他的手变得沉重，一放开就会掉下，虽然他的心跳和脉搏已经停止，但是他的手曾经慷慨而真实地张开着，他的心曾经勇敢温暖又不失温柔地跳动着，他的脉搏曾经像男子汉般跳动着。停手吧，魅影！你将目睹他过往的善行从伤口中涌出，将不朽的生命撒播到全世界。

并没有人在斯克鲁奇耳边说话，但当他看着床的时候，耳朵里却分明听到这些话。他想，如果这个人能复活的话，他会首先想到什么呢？是贪欲、算计还是斤斤计较？的确，这些念头会让他最后很有钱！

他一个人躺在漆黑空旷的房间里，没有任何人，无论男女老少，能够陪伴在他旁边，述说他曾经如何善待他们，而他们则愿意为了他以前的一句善意的话而善待他。有一只猫正在挠着大门，老鼠们在壁炉的石板下窸窸窣窣地啃东西。它们在期待着这个充满死亡气息的房间里的什么东西，它们为何如此焦躁不安？斯克鲁奇根本不敢去想。

"幽灵！"他说，"这是个可怕的地方。让我离开吧，我不会忘记在这里得到的教训，请相信我。我们离开吧！"

然而幽灵仍然一动不动地用手指着尸体的脑袋。

"我懂你的意思，"斯克鲁奇说，"要是我有这个能力的话，我一定会做到的。但是，幽灵，我现在没有这个能力，我做不到啊。"

幽灵仿佛再次把目光投向了他。

"如果城里有任何人会因为这个人的死而情绪激动的话，"斯克鲁奇非常痛苦地说，"请让我看看他吧。幽灵，求你了。"

幽灵把它的黑色袍子在斯克鲁奇面前展开了一会儿，就像翅膀一样，然后又收了回去，展示在眼前的是一个白天的房间，里面有一对母子。

她正在焦急地等待着什么人,急得不停地在房间里走来走去;稍微有点儿动静她就朝窗户外面望;她还不停地看钟,想做点针线活却发现根本无法静下心来;就连孩子玩耍的嬉笑声也让她无法忍受。

等了很久之后,期待已久的敲门声终于响起。她快步走到门边迎接她的丈夫。这是个年轻的男子,但满脸疲惫、情绪低落。这时他脸上的表情有些异样,是一种让他感到羞耻却难以掩饰的喜悦。

丈夫在炉火边坐下,吃为他留好的晚餐。沉默了很久之后,妻子终于怯怯地开口问他有什么消息,而丈夫似乎有些尴尬,不知道如何回答。

"是好消息还是坏消息?"她问道。

"坏消息。"他说。

"那我们彻底完了?"

"不,还有点儿希望,卡罗琳。"

"如果他心软的话,"她吃惊地说,"我们还有点儿希望。如果这样的奇迹发生的话,那真的一切都还有希望。"

"他已经没办法心软了,"丈夫说,"他死了。"

从她的面相能看出来,这是个温柔且宽容的人,但听到这句话,她却发自内心地谢天谢地,然后握紧双手将心中的话说了出来。下一秒她就感到非常抱歉,立马祈求原谅。但她的本能反应就是内心深处的想法。

"是我昨天晚上提起的那个喝醉了的女人告诉我的。我本来是去求他给我们一个星期的宽限时间,当时我觉得他是故意找借口不见我。结果居然是真的。他那时不仅病重,而且已经奄奄一息了。"

"那我们的新债主会是谁呢?"

"我不知道。但到时候我们应该已经准备好钱了,而且即使我们的钱还不够,也不会那么不走运,遇到一个比他更冷酷无情的新债主吧。今天晚上我们能放心睡个好觉了,卡罗琳!"

是的,两人的自我安慰的确让心情好了一些。孩子们聚过来,虽然听不懂这些话是什么意思,但脸上也露出了光彩。因为这个人的离世,这家人变得更幸福了!幽灵唯一能向他展示的因为他的死而引起的情绪,竟然是快乐。"幽灵,请让我看看因为死亡而产生的怜悯之情吧,"斯克鲁奇说,"否则我们刚刚离开的那个黑暗的房间,就会在我眼前永远无法抹去了。"

幽灵带着他穿过几条他很熟悉的街道,斯克鲁奇一路上四处张望,希望能看到自己的身影,但却一无所获。他们来到了可怜的鲍勃·克拉奇特的家。斯克鲁奇之前来过这房子,现在母亲和孩子们围坐在炉火旁。

安静。非常安静。就连一向吵闹的小兄妹也像雕塑般静静地坐在角落里。他俩抬头望着彼得,而彼得手里正拿着一本书。母亲和女儿全神贯注地做着针线活。他们真的很安静。

"他带来一个孩子,把他安置在他们中间。"

斯克鲁奇在哪儿听过这句话?不是在梦里。一定是在他和幽灵跨过门槛的时候,小男孩读出来的。他为什么不继续读下去?

母亲把手里的针线活放到桌上,用手捂住了脸。

"这颜色刺得我眼睛疼。"她说。

颜色？啊，可怜的小蒂姆啊！

"现在好一些了，"克拉奇特太太说，"烛光让我的视力变差，但你父亲回家的时候，我无论如何不能让他看到我眼睛难受。他快到家了吧。"

"已经晚了，"彼得合上书，回答道，"妈妈，我觉得他最近几个晚上走得比平时要慢一些。"

他们又陷入了沉默。最后，她用坚定而快活的声音又说话了，中间只结巴了一次："我知道他以前……我知道他以前把小蒂姆扛在肩上的时候，走得确实很快。"

"我也知道！"彼得喊道，"他经常这样。"

"我也知道！"另一个孩子也喊出来。所有孩子都这么说。

"但是他真的很轻，"她专心干着手里的活儿，继续说，"他父亲多么爱他啊，所以扛着他一点儿也不觉得是负担——一点儿也不！你们的父亲在敲门了！"

她赶紧去迎接他。鲍勃戴着他的白色围巾走进来，可怜的人，他真的需要这条围巾。他的茶已经在壁炉上温好了，大家都争着要帮他端茶。小兄妹爬上他的膝盖，一边一个贴上父亲的脸，就像在说："别伤心，爸爸，别伤心了！"

鲍勃和他们在一起挺开心，愉快地和家人们聊着天。他看了看桌上的针线活，称赞克拉奇特太太和女儿们的勤劳和高效率，说星期天之前肯定能完成。

"星期天！鲍勃，今天你去了吗？"妻子问道。

"是的，亲爱的。"鲍勃回答，"要是你也能去就好了。那是个郁郁葱葱的地方，你看了心里会好受一些的。我答应他，以后每个星期天都会去那里看他的。我的孩子，我的孩子啊！"鲍勃突然哭出来，"我的孩子啊！"

他一下子崩溃了，他实在忍不住了。如果他和孩子的关系疏远一些的话，他这时也许就能忍住了。

他离开房间，走上楼。楼上的屋子灯光闪烁，还挂着圣诞节的装饰品。孩子的身旁放着一把椅子，能看出来最近有人坐在那椅子上。可怜的鲍勃在椅子上坐下，思考了一会儿后镇定下来，吻了吻孩子的脸。他终于接受了已经发生的事实，于是又带着愉快的心情下了楼。

他们一边烤火一边聊天，女孩们和母亲继续做着针线活。鲍勃告诉他们，斯克鲁奇先生的外甥是个大好人，虽然他和对方只有一面之缘。那天在街上碰到了，那位先生发现他有点儿沮丧，便询问他遇到了什么

事。"说起来,"鲍勃说,"因为他实在是一位和善的大好人,所以我就告诉了他。'克拉奇特先生,听到这个消息我真的很难过,'他说,'我也由衷地为你的好太太感到难过。'说到这儿,我可不知道他是怎么知道的。"

"知道什么,亲爱的?"

"知道你是个好太太啊。"鲍勃回答。

"人人都知道啊!"彼得说。

"说得对,我的儿子!"鲍勃说,"我希望每个人都知道。'由衷地为你的好太太感到难过。'他一边说一边把名片递给我,'这是我的地址。有事请一定来找我。'其实倒不是说需要他帮我们什么忙,但是他的热心肠真的让人感到愉快。就好像他真的认识我们的小蒂姆,而且和我们感同身受。"

"我相信他是个好人!"克拉奇特太太说。

"亲爱的,如果你亲眼见到他、亲口和他交谈过,你会更确信这一点。"鲍勃说,"我话先说到这儿,如果他能帮彼得谋到一个更好的差事,我一点儿也不会惊讶。"

"彼得,你听到了吗?"克拉奇特太太说。

"接下来,"一个女孩叫道,"彼得会找个对象,然后成家立业!"

"少管闲事!"彼得一边反驳一边咧嘴笑着。

"这也不是不可能,"鲍勃说,"总有一天,虽然离那一天还有很久,但会有那一天的,亲爱的。无论我们什么时候以何种方式分开生活,我相信我们没有一个人会忘记可怜的小蒂姆,是吧,这是我们一起经历的第一次分离。"

"绝对不会的，父亲。"孩子们都喊出来。

"而且我相信，"鲍勃说，"我相信，亲爱的孩子们，我们会回忆起他的坚强和温柔，虽然他只是那么小的一个孩子。我们绝对不要轻易相互争吵，然后在争吵中忘记可怜的小蒂姆。"

"不会，绝对不会的，父亲！"孩子们又一起喊道。

"我太高兴了，"鲍勃说，"我太高兴了！"

克拉奇特太太亲吻了他，小兄妹亲吻了他，其他女儿也亲吻了他，彼得则和他握了握手。小蒂姆的灵魂啊，你的童真是上帝的恩赐！

"幽灵啊，"斯克鲁奇说，"冥冥中我感觉到我们分别的时间快要来临了。我知道时间快到了，但不知道我们会怎样分别。请告诉我，我们看到的躺在床上的那个死人是谁？"

幽灵像之前一样，带领着他前进——尽管时间不同，但斯克鲁奇认为，他们最近看到的几个场景似乎没有时间顺序，尽管它们都发生在未来。这次幽灵把他带到一个商人聚集的地方，但是并没有让他看见自己。事实上，幽灵毫无停留，一直往前走，仿佛一心想要走到终点，直到斯克鲁奇哀求它停下来歇一会儿。

"我们现在匆匆穿过的这个院子，"斯克鲁奇说，"是我办公的地方，而且已经很长时间了。我看见那栋房子了。请让我看看，未来的我是什么样子吧。"

幽灵停了下来，用手指着另外一个地方。

"房子在这边，"斯克鲁奇嚷嚷，"你为什么指着那边？"

无情的手指没有任何变化。

斯克鲁奇快步走向办公室的窗户前，朝里面看去。里面仍然是一间办公室，不过不是他的办公室了。家具换过了，坐在椅子上的人也不是他本人。幽灵仍然指着原来的方向。

他再次来到幽灵身边，心中猜测自己到底会去哪儿，为什么要去那儿。他俩一直走到了一扇大铁门前。他停下脚步四处看了看。

这是教堂的墓地。这样看来，那个可怜的男人就是埋在这里了，他马上就能知道他的名字了。这是个值得被埋葬的地方。四周都是房子，遍地野草丛生，将其他植物的生机完全吞没了。这里埋葬了太多人，到处被塞得满满的，就像一个吃撑了的胖子。一个值得被埋葬的地方。

幽灵站在墓地中间，指着其中一座坟墓。斯克鲁奇颤抖着走过去。幽灵的样子和之前一模一样，但是斯克鲁奇生怕从它那庄严的样子中看出什么新的含义。

"在我走近你指着的那块墓碑之前，"斯克鲁奇说，"请回答我一个问题。之前那些影像，是一定会发生的事情的影像，还是仅仅可能会发生的事情的影像？"

幽灵仍然指着自己身边的那座坟墓。

"人们选择的道路会预示今后的结局，如果坚持走下去，那么他们一定会走向那个结局。"斯克鲁奇说，"但是，如果偏离了那条道路，结局也会发生变化。请告诉我，你让我看到的也是这个道理吧。"

幽灵仍然和之前一样，一动不动。

斯克鲁奇一边发抖一边小心翼翼地走向坟墓，顺着幽灵手指的方

向，在无人关注的墓碑上读到了他自己的名字：埃比尼泽·斯克鲁奇。

"那个躺在床上的人是我？"斯克鲁奇跪在了地上，哭喊着。

幽灵手指指着的方向从坟墓转到他身上，然后又移回去。

"不！幽灵！不！不要！"

幽灵的手指仍然指着坟墓。

"幽灵！"他紧紧抓住幽灵的袍子喊道，"请听我说！我已经不是从前的我了。因为这段经历，我不会再变成那样的人了。如果我已经无可救药的话，你为什么要让我看这些呢？"

幽灵的手第一次颤抖了一下。

"好幽灵，"斯克鲁奇跌坐在它面前的地上，恳求说，"你的本性想为我求情，想可怜我。请告诉我，我还能改变我的生活，从而改变你给我看的这些影像！"

那只仁慈的手开始颤抖。

"我会发自内心地尊重圣诞节，并且努力一年到头保持如此。我将生活在'过去''现在''未来'之中。这三位幽灵将永远在内心激励我。我永远不会忘记它们的教诲。请告诉我，我有机会将这石碑上的字迹抹去！"

在极度痛苦之中，他抓住了幽灵的手。幽灵想要挣脱，但斯克鲁奇苦苦哀求，绝不松手。但幽灵的力量更强大，终于还是挣脱出来。

斯克鲁奇握紧双手，最后一次祈祷能扭转自己的命运。这时，他发现幽灵的帽子和袍子开始变形。幽灵萎缩了，渐渐坍塌，最后缩成了一根床柱。

尾　声

没错！是他自己的床柱。他自己的床，他自己的房间。最完美、最幸福的是，他以后的"时间"还是他自己的，他还来得及弥补。

"我将生活在'过去''现在''未来'之中。"斯克鲁奇一边重复着这句话，一边挣扎着爬下床。

"三位幽灵将永远在内心激励我。噢，雅各布·马利！感谢上帝！感谢圣诞节！我是跪着说出这句话的，老雅各布，我是跪着的。"

内心充满了善意的斯克鲁奇，此刻激动万分，他沙哑的声音已经无法表达他的心情。他在刚才与幽灵的争执中哭得太厉害，现在脸上全是泪水。

"它们还没被拆掉，"斯克鲁奇把床帏抱在怀里，喊道，"它们还没被拆掉，扣环都还在。它们还在——我也还在——那些可能会发生的影像，还有机会被驱散掉！一定会的！我知道一定是这样！"

他的手不停地摆弄着衣服：把它们翻过来，倒过去，拉一拉，拽一拽，尽情折腾了个够。

"我不知道应该做什么。"斯克鲁奇又哭又笑，叫喊着用长袜把自己装扮成完美的拉奥孔，"我现在像羽毛一样轻盈，像天使一般快乐，和学童一样开心。我的头晕乎乎的，像醉汉一样。大家圣诞快乐！全世界的人都新年快乐！你们好呀！嗨呀！你们好！"

他蹦蹦跳跳地来到客厅，气喘吁吁地站在那儿。

"这就是盛了粥的平底锅！"斯克鲁奇一边喊一边绕着壁炉又蹦又跳，"就是这扇门，雅各布·马利的灵魂就是从这儿进来的！这里是'现在的圣诞节幽灵'坐过的角落！我就是从这扇窗户望出去，看到那些游荡的幽灵。就是这样的，一切都是真的，这一切真的发生过！哈哈哈！"

确实，对一个多年来从来没开怀大笑过的人来说，这真是个灿烂无比的大笑，从而由此开启了今后很多次、一连串的大笑。

"我不知道今天是几号，"斯克鲁奇说，"我也不知道我和幽灵在一起待了多长时间。我什么都不知道。我就像一个无知的婴儿。但没关系，我不在乎。我宁可做个小婴儿！你们好！哇！你们好啊！"

正当他激动万分的时候，教堂的钟声响起了，这是他听过最动听的钟声。大钟咚咚地敲，大钟铛铛地响。叮叮咚咚，叮叮咚咚！真是棒极了！

他跑到窗户前，打开窗户把头伸了出去。没有雾，没有霾，天空晴朗，阳光明媚，气氛欢快，让人热血沸腾。金色的阳光从晴朗的天空倾泻下来，空气甜美清新，钟声悦耳动听。真是太棒了！

"今天是什么日子？"斯克鲁奇朝着窗户下面一个穿着礼拜日盛装的男孩问，这孩子正在闲逛，四处张望。

"嗯？"这孩子满脸惊讶地回答。

"好孩子，今天是什么日子？"斯克鲁奇问。

"今天！"小孩回答，"怎么了？今天是圣诞节呀！"

"今天是圣诞节！"斯克鲁奇自言自语说，"我还没错过！幽灵们只花了一晚上就完成了所有事情。它们真的是无所不能。它们当然有这个能力！你好啊，好孩子！"

"你好！"男孩回答。

"你知道那家家禽店吗?就是隔一条街的转角的地方。"斯克鲁奇问。

"我当然知道。"男孩回答。

"真是个聪明孩子!"斯克鲁奇说,"了不起的孩子。你知道他们店里挂着的那只特级火鸡卖掉了吗?不是那只小的特级火鸡,是大的那只。"

"那只和我差不多大的?"小孩问。

"真是个可爱的孩子!"斯克鲁奇说,"和你聊天太开心了。是的,就是那只,我的小伙子!"

"那只火鸡现在还挂在那儿呢。"男孩回答。

"真的吗?"斯克鲁奇说,"去把它买下来。"

"开什么玩笑!"男孩大喊。

"不,不是开玩笑。"斯克鲁奇说,"我是认真的。你去把它买下来,让他们先把火鸡送到这里,然后我会给他们要送去的地址。你把店里的人带来,我会给你一个先令。如果你能五分钟之内把店里的人带来,我给你半个克朗!"

这男孩像子弹一样射出去了。即使手稳稳地扣住扳机,射出去的子弹也赶不上他一半的速度。

"我要把火鸡送给鲍勃·克拉奇特家!"斯克鲁奇一边搓着手,一边笑着自言自语,"他不会知道是谁送的。这火鸡有两个小蒂姆那么大!把它送给鲍勃,哈,就连乔·米勒[1]也没开过这么大的玩笑!"

斯克鲁奇的手有些颤抖,但他还是把地址写下来,走下楼梯去打开大门,准备迎接家禽店的人。当他等在门口的时候,目光落在了门环上。

"有生之年,我都会一直爱着它!"斯克鲁奇一边用手拍着门环一

---

[1] 英国喜剧演员,他讲过的笑话曾被编成《乔·米勒笑话集》。——编者注

边说，"我之前怎么没有注意过它。它上面的表情多么诚实啊！这个门环真棒！火鸡送来了，你好！哇！你好啊，圣诞快乐！"

这火鸡可真不得了！它胖得不可能用它的脚站起来。一站起来，它的双腿就会像封蜡棒一样折断的。

"啊，你可没办法这么把它拿去卡姆登，"斯克鲁奇说，"你必须乘马车。"

他笑呵呵地说这话，笑呵呵地付了火鸡钱，笑呵呵地付了租马车的钱，笑呵呵地付了小男孩的报酬，直到最后他坐在椅子上，笑得喘不过气来，笑到眼泪都流了出来。

因为他的手还是颤抖得厉害，所以刮胡子变成一件很困难的事情。即使没有手舞足蹈，刮胡子也需要全神贯注。不过，就算他把鼻尖削掉，他也会贴上一块胶布，然后觉得十分满意。他穿上最好的衣服，走到了街上。这时候街上已经人山人海，他和"现在的圣诞节幽灵"一起看到过这个场景。他背着手走在路上，一边走一边朝着人们露出欣喜的微笑。

总之，他看上去开心得不得了，有三四个心情不错的人对他说："早上好，先生，祝你圣诞快乐！"斯克鲁奇后来常常说起，这是在他听过的各种动听的声音中最令人愉悦的。

他还没走出多远，就遇到那位前一天刚去过他账房的胖胖的先生。当时那人说："这里是斯克鲁奇与马利商行吧？"一想到他们碰面的时候，这位先生会怎么看待他，斯克鲁奇心中一阵刺痛。但他知道他面前要走的路，便迈出了步子。

"我亲爱的先生。"斯克鲁奇加快步伐走上去握住这位先生的双手。

"你好!我希望你昨天一切顺利。你真是个大好人。先生,祝你圣诞快乐!"

"斯克鲁奇先生?"

"是我,"斯克鲁奇说,"正是在下。恐怕这个名字给您留下了不好的印象。请允许我恳请您的原谅。您能否费心……"说到这儿斯克鲁奇在对方耳边说起了悄悄话。

"天哪!"这位先生突然叫出来,仿佛一时无法呼吸似的,"亲爱的斯克鲁奇先生,你此话当真?"

"如果您愿意帮忙的话。"斯克鲁奇说,"一个子儿也不会少。我向你保证,其中还包括一大笔之前的欠款。您愿意帮这个忙吗?"

"我亲爱的先生,"对方握着斯克鲁奇的手说,"我真不知道说什么才好,你是如此慷慨……"

"请什么都不要说,"斯克鲁奇说,"来看望我吧,您会来看望我的吧?"

"我会的!"这位先生喊道。而且他会说话算话。

"感谢您！"斯克鲁奇说，"我真心感谢您。我真的对您感激不尽。上帝保佑您！"

他去了教堂，在街上逛了逛，看到周围行色匆匆的路人，他轻轻拍了拍孩子们的头，询问关心了乞丐们，低头看了看人家屋子里的厨房，抬头看了看别人家的窗户，发现一切都让他感到快乐。他从来没想到过散步——或者任何事情——能让他如此快乐。到了下午，他朝着他外甥家的方向走去。

他在门口来来回回走了十几次，都没能鼓起勇气走上前去。最终他迈出步伐去敲了门。

"亲爱的，你家主人在家吗？"斯克鲁奇对开门的女孩说。这是个可爱的女孩，非常可爱。

"是的，先生。"

"他在哪儿呢，亲爱的？"斯克鲁奇问。

"先生，他在餐厅，和女主人在一起。我带你上楼吧，这边请。"

"谢谢你。他认识我，"斯克鲁奇说，他的手已经碰到了餐厅的门把手，"我自己进去吧，亲爱的。"

他轻轻转动把手打开门，把头探了进去。外甥夫妻俩正盯着桌子（桌上已经摆得满满当当），因为女主人在这种时候总是紧张不安，一定要确认所有的事情都安排得万无一失。

"弗雷德！"斯克鲁奇喊了一声。

我的老天，斯克鲁奇的外甥媳妇吓了一跳。斯克鲁奇这时忘记了坐在屋子角落里，把脚放在脚凳上的外甥媳妇，不然他不会这么冒失。

"老天！"弗雷德大叫，"看看谁来了！"

"是我啊，你的斯克鲁奇舅舅。我来吃晚饭了。弗雷德，我可以进屋吗？"

"快进屋！"弗雷德差点儿把他的手握断了！五分钟后，斯克鲁奇就像在家里一样轻松愉快了。他的外甥媳妇看起来也一样愉快。托普尔来了，一样很开心。胖姑娘也来了，一样很快活。大家都来了，都开开心心的。这场派对棒极了,游戏棒极了,大家亲密无间,幸福极了!

第二天一早,斯克鲁奇早早地来到了办公室。他到得很早。只要他到得够早,就能抓住鲍勃·克拉奇特迟到了!这是他心里盘算好的。

他做到了,对,他做到了。钟敲响了九点,鲍勃没有出现。九点一刻,鲍勃没有出现。他整整迟到了十八分钟半。斯克鲁奇坐在房间里,房门大开着,这样他能看着鲍勃走进那个水箱般的小屋。

鲍勃摘下帽子和围巾,然后打开了房门。转眼间他就坐到了凳子上,开始奋笔疾书,仿佛要把迟到的时间补回来。

"你好!"斯克鲁奇装出平时的语气咆哮道,"你这个点儿才来是什么意思?"

"我很抱歉,先生,"鲍勃说,"我迟到了。"

"是吗?"斯克鲁奇说,"是的,我认为你迟到了。先生,请到这边来。"

"一年就这么一次,先生。"鲍勃从小房间里出来,恳求说,"下次不会了。我昨天晚上玩得太开心了,先生。"

"现在,我的朋友,我告诉你,"斯克鲁奇说,"我不会继续容忍这种事情。所以,"他从凳子上跳起来,伸手在鲍勃的马甲上一戳,把他又戳回了那个水箱般的房间,然后继续说,"我要给你加薪了!"

鲍勃全身颤抖,朝着桌上的尺子靠近了一点儿。有那么一瞬间,鲍勃想着要抄起尺子把斯克鲁奇敲晕,然后抓住他,叫外面的人帮忙拿一件紧身衣[1]来。

---

1 用来束缚疯子或狂暴的囚犯。——编者注

"圣诞快乐，鲍勃！"斯克鲁奇拍了拍鲍勃的后背，带着真挚得不容置疑的语气说，"鲍勃，我亲爱的伙计，祝你圣诞快乐，祝你这个圣诞节比以前我带给你的圣诞节快乐得多！我会给你涨薪水，然后尽力帮助你解决家庭的困难。今天下午，让我们一边喝着圣诞节热气腾腾的果子酒，一边讨论你的事情吧，鲍勃！现在做正事之前，先把火烧旺，然后再买一斗煤吧，鲍勃·克拉奇特！"

斯克鲁奇的行动远胜于他的言语。他说到做到，而且比承诺的做得更多。至于小蒂姆，他没死，斯克鲁奇犹如他的第二个父亲。斯克鲁奇成了一位好朋友、好老板、好人，成了这个古老的城市，乃至这个古老的世界上任何一座古老的城市、乡镇、自治区里，都不多见的好人。有些人嘲笑他的转变，但他不在意，任由他们去笑。因为他已经有足够的智慧能明白，在这个世界上，任何事情在发生的最初总会被一些人嘲笑的。他知道那些人都是盲目的，他们龇牙咧嘴笑得满脸皱纹的样子，就像得了某些疾病而变得难看一样。他自己内心充满欢笑，这对他而言就足够了。

他再也没有遇到过幽灵，但他在之后的日子里一直坚持"绝对戒酒原则"[1]。人们总是说，世界上没有谁能比斯克鲁奇更了解怎么庆祝圣诞节。希望我们所有人都能获得这样的评价。最后，正如小蒂姆所言，愿上帝保佑我们每一个人。

---

[1] 英文中，酒和幽灵都可以写作 spirit。——译者注

关于查尔斯·狄更斯

查尔斯·狄更斯是世界文学史上最伟大的作家之一，他的作品以有趣的情节、发人深省的内容和令人过目不忘的人物形象而著称。

1812年2月7日，狄更斯出生在英国朴次茅斯的波特西地区，而他母亲几小时前还在参加舞会。他在家里八个孩子中排行第二。他从

小就体弱多病，成年后身体也一直不好。其他孩子在户外玩耍的时候，他只能待在家里，并且渐渐爱上了阅读。

狄更斯两岁的时候，随家人从朴次茅斯搬去伦敦居住，三年后又搬去了肯特郡的查塔姆。在肯特郡的五年，是狄更斯童年最愉快的时光。父亲会带他到附近的酒店逛逛，他会在那儿给人们讲他看过的故事，然后唱一些喜剧歌曲。

狄更斯十岁的时候，他父亲带着全家人搬回伦敦，住在卡姆登镇。这时他家负债累累。因为家境贫困，狄更斯满十二岁的两天后，就被送去沃伦的鞋油作坊做工，每周挣六先令的工资。但约两周后，狄更斯的父亲就被送去负债者监狱，所以全家人都被迫一起搬去那里。狄更斯对于自己被迫在鞋油作坊工作的事情感到非常羞耻，所以这件事他一生中几乎没有告诉任何人。他父亲在监狱里关了几个月，这段极度贫困的日子对狄更斯后来写的作品产生了极大的影响。

随后，狄更斯开始在威灵顿豪斯学校求学。他在学校一直学习到十五岁，然后得到一份律师事务所的工作。律师事务所的工作非常无聊，但是让他赚到足够的钱可以去探索伦敦，并且发掘这座城市的美好与丑恶。其间，他自学了速记，在换了一家律师事务所又短暂工作了一段时间后，狄更斯找到一份记者的工作。

十八岁的时候，狄更斯与一个银行家的女儿玛丽亚·比德内尔陷入了爱河。他们交往了三年，直到在他二十一岁生日那天，玛丽亚对他态度无礼，而且提前离开了生日派对，两人才分手。狄更斯对此耿耿于怀，一直无法忘却，直到多年后再次遇到玛丽亚，她已经变成一个又老又胖的女人,狄更斯心里才真正放下了。

1833年,狄更斯的第一篇小说在《每月杂志》上发表。这篇小说名叫《白杨大道的晚餐》,虽然没有稿费,但杂志社邀请狄更斯继续创作,于是他接下来写了一系列小说、速写和评论,并结集为《博兹特写集》(博兹是他的笔名),在他二十四岁生日那天正式出版。在短篇作品大获成功之后,狄更斯受邀完成一部连载二十个月的小说,这部作品就是《匹克威克外传》。

1836年4月,狄更斯与《纪事晚报》编辑的女儿凯瑟琳·霍加斯结婚。1837年,他们的第一个儿子出生了。之后,夫妇俩一共生育了十个孩子,但其中一个不幸夭折。到1858年,狄更斯已经成了英国当时最伟大的作家之一,收入也颇为丰厚。他完成了多部长篇小说和短篇小说,其中《圣诞颂歌》是最受欢迎的作品之一。他同时也担任杂志编辑的工作,还创办了自己的报纸,并为许多慈善机构工作。事业有成之后,狄更斯决定回到度过愉快童年时光的肯特郡生活。他离开了妻子凯瑟琳,也离开了伦敦。之后,他花了很多时间在英国和美国各地举办巡回朗诵会。

1870年6月,狄更斯结束了多场朗诵会后,回到家中。6月8日,他在家创作新的小说《艾德温·德鲁德之谜》,当天傍晚病倒后,第二天便去世了。他被隆重地安葬在威斯敏斯特教堂,但这却与他自己的愿望背道而驰,因为他内心与伦敦的穷人们更能产生共情。他的坟墓至今仍可供人参观瞻仰。

关于昆廷·布莱克

昆廷·布莱克是当今最受喜爱的插画家之一。他的作品特征明显，一眼就能认出来。他最著名的作品是儿童书籍，特别是与罗尔德·达尔合作的作品。

昆廷·布莱克于 1932 年 12 月 16 日出生于英国肯特郡的锡德卡普，并在那里度过了童年时光。他就读于奇斯尔赫斯特及锡德卡普男子文

法学校。由于对英语文学的热爱，他选择在剑桥大学深造，此后还在伦敦大学接受了教师资格培训。在校期间，他的漫画作品就在《笨拙》（*Punch*）杂志上发表了。大学毕业后，他决定投身于漫画家和插画家的职业生涯。

他还在伦敦切尔西艺术学院学习，提高绘画技能。虽然从来没有做过全职的英文教师，但他在英国皇家艺术学院教授插画课程的时间长达二十多年。从1978年到1986年，他曾担任该学院插画系主任。

昆廷·布莱克的第一本儿童图画书是1960年出版的约翰·尤曼的《一杯水》。至今他已经出版了两百多本成人和儿童图画书，并屡次获得各种奖项。他的特色是用水墨和水彩的技法，在作品里表现出独特的动感和活力。

昆廷·布莱克居住在伦敦厄尔斯考特。他那溅满了颜料的工作室正好可以俯瞰到绿树成荫的肯辛顿广场。

他也是英国帕维林儿童出版社（Pavilion Children's Books）出版的《十只青蛙》及《约瑟夫的神奇彩衣》的插画家。